KB021791

지내온 삶의 이야기와 그림

소소한 행복

소소한 행복

펴 낸 날 2021년 05월 27일

지 은 이 설화영
펴 낸 이 이기성
편집팀장 이윤숙
기획편집 서해주, 윤가영, 이지희
표지디자인 서해주
책임마케팅 강보현, 김성욱
펴 낸 곳 도서출판 생각나눔
출판등록 제 2018-000288호
주   소 서울 잔다리로7안길 22, 태성빌딩 3층
전   화 02-325-5100
팩   스 02-325-5101
홈페이지 www.생각나눔.kr
이 메 일 bookmain@think-book.com

• 책값은 표지 뒷면에 표기되어 있습니다.
  ISBN   979-11-7048-245-1(03810)

지내온 삶의 이야기와 그림

소소한 행복

설화영 에세이

/ 차 례 /

새 두 마리(60.6✳45.5 12P)

나

꽃 아침에 일어나니 눈이 하얗게 내리고 있었
다. 굵은 눈송이가 뚝뚝 떨어지고 있었다.

야! 눈이다! 첫눈이 내린 지는 오래다. 몇 번 눈이 내리더니 오늘은
굵은 눈방울이 내리고 있는 것이 아닌가? 온통 천지가 눈으로 하얗게
쌓여 있었다. 나무마다 송송 눈꽃들이 달려있었다. 마음이 환하게 기
쁨으로 찼다. 얼른 세수하고 기타를 메고 눈길을 천천히 밟았다. 눈을
밟으니 뽀드득 소리가 났다. 옆집 강아지도 꼬리를 흔들고 있었다.

나는 기타를 배운지 3년이 넘었다. 처음에는 기타가 어려워 그만둘
까도 생각해 봤지만, 열심히 노력한 끝에 이젠 제법 노래가 나오면 칠
수 있게 되었다. 기타도 더욱 잘 치고 싶다.

신혼 때의 일이다. 남편의 직장은 우리 신혼집에서 꽤 먼 곳에 있었
다. 어느 날 하루 종일 무슨 일을 했는지 모르겠다. 한밤중이 되니 무
서워지면서 내가 한심해졌다. 나는 결혼 전에도 불을 끄고 자면 무서

워 항상 불을 켜고 자는 버릇이 있었다. 밤만 되면 별로 기분이 좋을 리가 없다. 지금은 TV도 보고 뜨개질도 하며 밤시간을 보내고 있으나, 그날은 어쩐지 기분이 안 좋았다.

밤 10시, 그때는 전화기도 없을 때다. 나는 울기 시작했다.

얼마나 지났을까?

문 열어 쾅쾅쾅 소리가 나고 옆집 효섭이네 엄마도, "새댁! 새댁!" 하며, 문을 두드리는 게 아닌가?

나는 얼른 눈물을 닦고 문을 열어 주었다. 남편은 아무 소리가 없었다. 한 참 후에야 왜 그랬어? 하며 군밤을 꺼내 놓았다. 남편은 군밤을 사서 식을까 봐 옷 품속에다 넣고 온 것이다.

군밤은 아직도 온기가 있었다. 이렇게 해서 나의 결혼 생활은 시작되었다.

먹는 것을 좋아하는 미식가인 남편은 생선 요리를 좋아해서 생선구이 생선찜 매운탕 등 여러 요리를 해 내놓는다. 그래서 나에게는 생선 냄새가 배어나는 듯하다.

우리는 애를 둘 낳고 결혼 생활 5년 후에, 집을 늘려 남편 회사 근처로 이사를 갔다. 집은 조금 회사와 가까왔지만, 수리도 못하고 도배만 하고 몇 년 된 집으로 들어갔다.

우리 식구들은 모두 기뻐했다. 아이들도 기뻐하고 남편도 기뻐했다. 나는 집을 꾸미느라 이리저리 궁리하며, 집을 될 수 있는 대로 예쁘게 꾸며 보았다. 애들 친구들 엄마와 이웃에 사는 분들이 자주 놀러 와 차를 마시고 갔다. 그때는 정말로 인생의 황금기였다. 애들도 쑥쑥 자라 주었고, 엄마인 나를 기쁘게 해주었다.

남편도 나에게 질 새라 친구들을 데리고 왔다. 음식을 만들어 차려 주고 술 마실 때는 안주도 해서 내주었다. 그럴 때마다 남편은 기뻐하며 외식을 자주 사주었다. 우리나라 안 가본 곳이 없을 정도로 애들을 데리고 다녔다.

시집오기 전에는 크리스마스가 되면 갈 곳이 없어 못 먹는 소주를 사놓고 오징어도 사 오고 하여 한 잔 하려 하였으나, 소주병 따는 게 없어 못 먹었다. 지금 생각하면 결혼 전과 후는 차이가 많았다.

평소 우울질인 나는 애들과 남편과 함께 그래도 행복하였다.

남편은 회사 직원 300명이 뽑은 '닮고 싶은 상사'에 뽑혀 TV까지 나와 인터뷰를 하였다. 지금은 애들 둘을 다 시집 장가보내고 손주도 둘을 봐서 더욱 기쁘다. 손주들만 오면 내 애들이 아닌가 싶을 정도로 예뻤다. 할머니한테 뽀뽀해 봐 하고 들이대면 얼굴 여기저기에다가 뽀뽀를 해주었다. 항상 손주들만 보면, 허그하고 뽀뽀하며 내가 얼굴을 들이민다.

나는 결혼 전 보다, 결혼 후가 더 재미있고 시댁과도 잘 적응하여 시댁 식구들과 부딪힘 없이 잘 지낸다.

내가 글 쓰러 다니는 것은 칠순이 되면 그림·글 잔치를 해볼 생각에서다.

나는 미술 대학(도예 전공)을 나와 애들 키우고 늦게 그림을 그리기 시작했다. 50대 초에는 그림이 상당히 많이 쌓였다. 그 그림들과 수필집 한 권을 접목해서 칠순 잔치를 멋있게 해보고 싶어서였다.

지금 분당 글쓰기 반에서 교수님이 가르쳐주시는 수필의 기본사항들을 열심히 배우고 있다. 분당 반 교수님이 수필에 관하여 잘 가르쳐 주셔서 이렇게 처음 쓰는데도 잘 써 나간다. 앞으로는 더 잘 쓸 수 있겠지.

아이 둘을 낳고 키우고 가정을 알뜰살뜰 지켜온 나 자신이 자랑스럽다. 이제는 손주도 보고 60이 넘은 나이에 새로운 일에 도전해 보는 것은 얼마나 대단한 일인가?

나 스스로 기쁨을 얻는다.

힘내라 파이팅!

마음의 고향 가정에서 행복을 찾고 싶다.

2017. 11.

우리집(72.7✻53.0 20P)

 # 우리집

✎ 나의 집은 아파트다. 나의 집은 사방이 나무로 둘러싸인 숲 속에 있다. 지은 지 몇 년이 지났다. 한 5년 되었고 2층 202호 번호도 좋다. 현관에 들어서면 앞면에 소나무 그림이 크게 그려져 있고, 옹기종기 집이 붙어서 사람들이 사는 색다른 이미지의 그림이 있다. 나는 그 그림을 무척 좋아한다. 내가 그린 그림이다.

어느 날 전화가 왔다. 그 그림을 중국 어느 화랑에서 전시하고 싶다는 내용이었다. 나는 믿을 만한 화랑도 못 되고 해서 거절했다. 알고 보니 중국의 이름이 있는 화랑이라 한다. 내가 이 정도로 됐나? 한 번 생각해 보았다. 중간 문을 들어서면 왼쪽으로 강아지가 두 마리 그려진 내실 풍경이 보인다. 이들 강아지는 어미 강아지 '내니', 새끼 강아지 '여름'이라는 강아지다. 어느 날 친구가 새로 이사와 허전해 하는 나에게 선물로 준 강아지가 '내니'다. 영어로 표현하면 '내니'라는 이름이 집을 돌봐주는 여자라 한다. 우연히 짓고 보니 이름이 '내니'다.

이 강아지는 푸들 종류로 무척 사나웠으나, 정도 많고 항상 주인 곁에 앉아 재롱을 떨었다. 어느 날 내니가 4마리의 새끼를 낳았다. 4마리의 이름은 '봄', '여름', '가을', '겨울'이라고 지었다. 정말로 어미인 내니를 닮아 모두 활발하고 귀여웠다. 색깔도 다 다르다. 진갈색, 하얀색, 여린 갈색, 코코아색 그 강아지들을 내니는 새끼를 낳고 근처로 다가가면, 으르렁거리며 못 오게 하였다.

나는 미역국을 정성스럽게 끓여 너무 사납게 굴어서 얼른 새끼들이 들어있는 박스 안에다 집어넣어 주었다. 다섯 마리의 강아지들은 집 안을 뛰어다니며 휘젓고 다녔다. 그 예쁜 강아지들을 정 들기 전에 다른 사람에게 준다고 친구 집에, 아는 사람 등 여름이만 남기고 다 주었다. 여름이만 암컷이었다. 내니는 새끼들이 없어진 줄 알고 이리저리 다니며 구석구석 찾았다. 나는 가슴이 아팠다. 지금 내니, 여름이는 17년, 13년씩 살다 모두 떠났다. 내니는 꿈에도 몇 번씩이나 찾아왔다. 우리 가족들은 강아지들을 너무 사랑했다. 이제는 없는 것을 어찌하리~? 복도를 따라 조금 들어오면, 약간 카키색이 나는 긴 소파가 있다. 진열되었던 거라, 반값에 새것을 잘 샀다. 나는 소파가 편한지 가끔 누워 낮잠을 곤하게 잔다. 소파도 내가 정이 가는 소파다. 소파 옆에는 전화기 책들이 진열되어 있다. 전화기는 사위가 진급했다고 사준 전화기라 약간 고장이 났으나, 바꾸지도 못하고 있다. 그 옆에는 대리석으로 된 타원형 탁자, 그 위에는 일주일에 두꺼운 책을 3권씩 빌려오는 남편의 책이 쌓여 있고, 내 책들도 쌓여 있다. 또 옆에 1인용 소파가 있는데 그곳에서 커피나 차도 놓고 마시고, 탁자 위에 있는 소형 스탠드도 켜 놓고 책도 읽고 기타도 치곤 한다. 그 옆에는 50

년이 넘은 피아노가 있다. 그 피아노로 말할 것 같으면 언니가 어렸을 때 치던 피아노로, 아버지가 독일에서 사온 피아노다. 나는 음악을 좋아해서 가끔 뚜껑을 열고 치나, 잘 치지는 못한다. 언니가 5살 때 시작한 피아노로 언니는 피아니스트가 되고, 나는 그림을 좋아해 그림쟁이가 된 것이다. 나는 피아노를 잘 치는 사람이 부럽다. 누구나 다 재능은 한 가지씩 있는 것 같다. 언니가 잘 치는 곡은 쇼팽의 곡과 라흐마니노프 곡이다. 쇼팽의 즉흥 환상곡, 라흐마니노프의 피아노 concert no. 2이다. 나도 무척 좋아한다. 어느 카페에 가보면 오래된 피아노가 놓여 있다. 나는 참 멋있게 느껴진다. 또 창밖을 내려다보면 소나무가 20미터 되는 것이 다섯 그루가 뭉쳐 있고, 오른쪽에는 개나리가 죽 늘어서 있다. 창문 옆쪽으로는 매화꽃이 있고 여러 꽃이 피어 있다. 집이 2층이라 겨울에 눈이 오면 꽃마다 눈방울이 맺혀 있고 그 위로 하얗게 눈이 쌓여 있다. 정말로 장관이다. 나는 이 다섯 그루의 소나무가 참 좋다. 요즘에 소나무가 점점 사라져 간다는 말을 듣고 저 소나무들은 오래 살아 주었으면 하는 바램이다. 베란다가 한쪽 구석에만 있고 창문 한 면이 전부 외경을 볼 수 있어 아침에 일어나면 바깥부터 보고 체조를 시작한다. 아침만 되면 새들 지저귀는 소리에 잠을 깬다. 새들도 소리가 큰 새, 짹 짹짹 참새 등 여러 종류가 있는 것 같다. 새 소리만 들어도 좋다. 그 옆으로 가면 세탁대가 있는 베란다가 있다. 빨래는 늘 쌓여 빨리빨리 하지 않으면 스트레스가 쌓인다. 가끔 남편이 해주어 고맙게 생각한다. 깨끗하게 세탁이 되어 나오면 세탁

제 냄새가 내 마음을 향긋하게 한다. 그곳에는 내가 십 년 이상 만들던 도자기가 전시되어 있고 화초들이 무성하게 자라고 있다. 어느 날 보니 이름도 모르는 화초가 꽃을 여러 갈래로 화사하게 피어 놀랐다. 나는 그 꽃을 사진으로 찍어 '카톡'에 올렸다. 화초나 동물들은 신기하다. 손이 가는 데로 자라주고, 꽃피우는 것이~! 나의 집에 벤자민이 30년이 넘은 것이 있었다. 물만 주었는데 새 연한 잎사귀를 내며 자라주었다. 너무 신기했다. 하나 그 벤자민도 올해로 져 버렸다. 벤자민을 하나 더 사 놓아야겠다.

베란다에는 저울대가 있어 틈이 나면 남편이랑 몸무게를 재어보며 오늘은 0.5킬로 늘었다느니 1킬로가 줄었다 하며 올라갔다 내려갔다 이 저울대도 이번에 새로 바꾸었다.

그 옆이 안방이다. 안방은 옷이 쌓이면 끝이 없다. 정리하려 하면 5~10분이 걸린다. 안방은 편히 쉬는 곳 들어와 피곤할 때 침대에 눕기만 하면 잠이 든다. 나의 안식처 안방. 그 옆에는 조그마한 공간이 있어 화장도 하고 책도 읽는다. 마음이 안정되며 책을 읽어도 머릿속에 잘 들어온다. 그곳에는 큰 거울이 있어 자주 나의 모습을 비춰 보는 곳이다.

방 하나는 나의 그림 방. 그림이 50개 이상이 쌓여 있는데도, 제법 방이 넓다. 나의 책꽂이와 사진 넣는 서랍과 그림 그리는 이젤이 있다. 가끔 그림을 그리면 여가 생활도 되고 좋다. 유화를 그리는데 물감을 섞는 린시드와 페트롤 냄새가 그림을 그릴 때면 진동을 한다. 내 옷들은 붙박이 장이 있어 그곳에다 거의 다 걸어 놓았다.

　방 하나는 남편 서재 방으로 결혼 때부터 가져온 책들 외국 서적 등
죽 늘어서 있고, 컴퓨터가 있어 자주 사용하는 방이다. 이렇게 나의
집은 방 3개에 거실 부엌으로 구성되어 있다.

『즐거운 나의 집』

　"즐거운 곳에 서는 날 오라 하여도 내 쉴 곳은 오직 내 집뿐이네."라
는 노래 가사도 있다.

　나는 나의 집이 참 좋다. 쉴 수 있는 공간. 내 마음대로 할 수 있는
공간. 여기서 오래오래 살리라.

2017. 12.

나무(53.0*45.5 10F)

 나무

✎ 우리집에서 조금 떨어진 곳에 6백 년 된 느티나무가 있다. 내 아름으로 5배는 될 만하다. 가끔 식구들과 느티나무 아래 벤치에 앉아 놀곤 한다. 나는 아름드리나무에 팔을 둘러 크기를 재보았다. 다섯 배보다 반이 더 되었다. 나는 가끔 팔을 두르고 내 소원을 이야기한다거나 나무에다 뽀뽀를 하기도 한다. 어떤 역사를 가졌을까? 이곳은 허허벌판이었는데 이 나무가 어떻게 탄생한 것일까? 6백 년이면 일천사백 년대에 심어졌다는 얘기다. 어떤 사람은 주먹으로 쳐 보기도 하고 등허리를 대고 쳐보기도 한다. 이 나무도 사계절을 탄다.

꽃도 피고 나뭇잎도 핀다. 그런데 이 나무를 배경으로 큰 카페가 들어섰다. 유리창 하나로 넘어 다 보면 느티나무가 보인다. 나는 나무를 무척 좋아하는데 잘 키우지 못한다. 행운목도 좋아하고 은행나무 밤나무 소나무 등을 좋아 하나 이렇게 큰 나무는 처음 봤다. 마음이 울적할 때면 카페에 와 느티나무를 하염없이 쳐다보고 앉아있다.

나무하면 어릴 적에 집에다 심은 앵두나무가 기억난다. 앵두나무가 점점 자라더니 빨간 앵두가 열렸다. 소쿠리에다 앵두를 잔뜩 따서 물에다 씻어 앵두를 한 알 두 알 씹어 먹으면 새콤달콤한 맛이 기가 막힌다. 이때 형제들이 너도나도 먹겠다고 달려든다. 맛있게 먹던 기억이 난다. 소나무는 우리집 앞에 열댓 그루가 서 있다. 소나무도 모양이 휘어진 게 특이하다.

소나무를 태워 잿가루로 만들어서 도자기 청자 구울 때 쓰면 청자 색이 묘하게 나온다. 이렇게 나무는 여러 모양을 하며 열매를 맺고 다 제구실을 한다.

내가 나무를 좋아해 나무라는 시를 중학교 때 썼는데 학교 신문에 실린 기억이 난다. 자세한 내용은 가물가물 하지만 내용은 이렇다. "힘차게 자라다오. 너의 생명의 나무에 수많은 잎이 살고 싶어 떨고 있다"였다.

사람들이 그림을 그리면 나무를 주로 그리는데 나무에 생명력이 있기 때문일 것이다.

나는 어렸을 때 큰 나무에 기어 올라갔다 내려오지 못해 혼난 적이 있다. 남동생이 등을 받쳐 줘 겨우 내려와 당황한 적이 있다.

집집이 거실에다 나무 화분을 갖다놓은 집을 볼 수 있다. 나는 행운목을 갖다 놨다. 나무에 사는 개미가 다리를 물어 약을 바른 적이 있다. 거실 여기저기 몇 그루의 나무가 있다.

　벌레가 얼마나 나오는지 벌레 잡는 약에다 설탕 가루를 넣어 이곳저
곳에다 놔두었다.

　그러면 벌레가 덜하단다.

　그래도 나는 나무가 좋다!

2019. 10.

# 내가 라면을 안 끓이는 이유

✎ 어릴 적 발가락이 조그맣고 귀여웠던 손자 녀석이 어느새 아홉 살이 되어 큰 발이 되었다. 고슴도치도 제 새끼는 예쁘다는 말이 있듯이 고 녀석을 보면 어쩐지 기분이 좋아진다. 할머니인 나를 할망구라고 부르며 놀리기를 하는데도 말이다. 사람이 외모만을 보는 것은 아니지만, 그 애는 특별히 잘 생겼다. 커다란 눈에 오뚝한 코, 꼭 다문 입. TV를 볼 때는 깔깔거리며 무슨 웃음이 그렇게 많은지 방 안에서 듣고 있노라면 깔깔깔, 깔깔깔, 나도 뭔지 모르게 재미있어진다. 우리 딸이 고 녀석 하나는 잘 낳고 잘 키운 것 같다. 그런 딸은 욕심이 많아 어릴 적 초콜릿 안 사준다고 땡강을 피워 안 사주고 집에 가자고 팔을 잡아당겨 딸이 삐진 적이 있다.

나는 항상 손자를 위해 새벽 6시면 일어나 기도를 한다. 친구들하고 잘 놀게, 다치지 않게, 코가 막히지 않게, 하나님을 잘 믿게 해 달라고.

그런데, 어느 날 녀석이 나에게,

"할머니! 예수님은 믿겠는데 하나님은 잘 안 믿어져." 하지 않는가?

그러더니 또 어느 날은 "할머니 요즘은 하나님이 점점 믿어진다."라고 나에게 진심을 말해 준다. 난 그러면 고놈이 너무 귀여워 안아주고 뽀뽀를 해준다.

손자를 만나거나 헤어질 때면 언제나 안아주면서 "할머니한테 뽀뽀해야지." 하는 게 일상이 되었다.

어느 날 남편과 나, 손자 셋이 찜질방을 갔다. 찜질방에서 한참 놀다 배가 출출해 컵라면을 하나 사고 손자 주려고 이것저것 주전부리를 샀다. 컵라면에 뜨거운 물을 붓고 뚜껑을 닫고 기다리고 있었다. 그때 손자는 다른 애들과 재미있게 놀고 있었다.

잠시 후 나는 라면이 익었나 맛을 보려고 뚜껑을 열고 라면을 먹어보려는 순간, 손자가 뛰어오더니 "안 돼!" 하며 라면을 '휙' 낚아챘다. 라면이 뒤집어지면서 뜨거운 라면이 발등에 엎어졌다. 손자의 발등이 금방 벌겋게 부풀어 올라 물집이 생겼다. 아이는 고통스럽게 울고, 나는 '이를 어째?' 하면서 어쩔 줄 몰랐다. 그 순간 날계란에 덴 곳을 담그면 좋아진다는 것이 생각나서 여기저기 날계란을 찾아다녔다.

마침 찜질방 안에 식당이 있었다. 나는 얼른 가서 상황을 얘기하고 날계란 세 개를 그릇에 담아 풀어 가져왔다. 손자는 그때까지 뜨겁다면서 울고 난리를 치고 있었다. 남편은 찜질방에서 아직 나오지 않아 보이지 않았다. 나는 날계란에 얼른 발을 담가 주었다. 조금씩 뜨거운 기운이 빠지고 있었다. 붉었던 발이 조금씩 제 색으로 돌아오고 있었다.

손자를 막 야단쳤다. "왜 욕심을 부려! 내가 익었나 하고 먹어보려고 했지, 먹으려고 한 건 아니야." 그랬더니 손자가 눈물을 뚝뚝 흘리면서 "할머니, 내가 잘못했어요." 하는 게 아닌가. "그래, 네가 라면을 좋아한다는 것은 알지만, 할머니 못 먹게 하면 안 되지." 하며 계속 꾸짖었다. 안쓰러운 생각 때문에 내 속이 너무 아팠기 때문이었다. 손자는 계란에 발을 담그고 계속 "아이 뜨거워, 아이 뜨거워." 하고 울어댔다.

그 일이 있은 후로 나는 컵라면을 손자에게 한 번도 사주지 않았다. 다들 라면을 좋아한다. 맛도 있고 칼로리도 높아 간식으로도 좋고 요리하기가 쉽기 때문이 아닐까? 하지만, 나는 거의 라면을 안 먹는다. 그때 손자의 발을 생각하면 라면을 먹고 싶은 마음이 싹 가시곤 한다. 트라우마 수준이다. 가끔 남편과 우리 집 애들이 라면을 끓여 달래도 그때 벌겋게 부어올랐던 손주 발이 떠오르면 나는 어김없이 "라면, 그거 기름에 튀긴 거라 몸에 해로운 데 왜 자꾸 라면이야!" 하며 역정을 내기도 한다. 그리고 그때의 그 녀석을 생각하며 투덜댄다.

"어미 닮아가지고 욕심은 엄청 많네…."

2018. 11.

내가 좋아하는 친구

✐ 그 친구는 평범한 주부다. 그 집 큰아들과 내 아들이 같은 학년이다. 친구는 늘 부드러운 말로 사람들에게 말을 건넨다. 어느 날 만나자는 약속도 안 했는데 길거리에서 우연히 만나 둘이 백화점에 간 적이 있다.

서로 재미있게 쇼핑을 하고 점심을 먹었는데도 헤어질 시간이 되니 나는 아쉬웠다.

오래간만에 만난 친구였는데, 더 시간을 못 가졌다.

"화영아! 또 만나."

"응, 그래."

"언제 또 볼까? 시간을 정하자."

시간을 정해 만나기로 했다.

아이들 어렸을 때는 잘 살아서 나도 부러워할 정도였는데 오랜만에 만나보니 형편이 안 되어 보여 너무 안됐다. 애들 학교 다닐 때는 집도 수리해 놓고 일하는 사람도 두고 살 정도였다. 친구 남편은 변호사인데 몸이 아파 그만두었다.

아이들은 너무 산만하고 한 아이는 정신과 치료를 받을 정도였다. 늘 나에게 아이들 걱정을 하며 눈물을 뚝뚝 흘렸다. 대부분의 집안이 문제없는 집안이 없다고 얘기하지만, 정신과 치료를 받고 있는 아들이 학교 다닐 때부터 이상하더니 증세가 심해졌단다. 딸은 조금 성격이 이상해 40살이 넘도록 시집을 못 가고 있다. 회사를 다니는데 고집이 세단다. 얼마 전에는 교통사고가 나 딸의 엉치뼈가 부러져 붙는데 6개월이나 걸렸다고 한다. 얼마나 마음이 아팠을까? 내가 생각해도 끔찍하다. 그래도 그녀는 잘 견뎌 내는 것 같았다.

내 나이랑 비슷한 그녀는 늘 학교 때 찍은 예쁜 사진을 집에 걸어 놓았다. 지금은 얼굴이 망가져 형편없다. 그래도 나는 그녀가 마음에 든다. 풍부하고 인자한 성격과 늘 남을 배려하는 마음이 좋다. 그 친구를 보니 내가 시샘 부린 게 마음속으로 죄를 지은 것 같다. 옥상에서 텃밭을 가꿔 상치, 가지, 고추 등을 한 아름씩 따서 나에게 주곤 했다. 자주 못 만나는 것 같아 아쉽다. 자주 만나면 텃밭도 같이 가꾸고 재미있을 텐데~.

그녀에게 관심이 가는 이유는 무엇일까? 아이들이 안쓰러워서 일까? 아니면 그녀의 관대한 성격과 부드러운 목소리 때문일까? 나는 그 친구가 좋다. 친구 중에 그렇게 좋은 친구가 드물다. 오래 사귀어도 늘 한결같다.

한번은 그 친구가 어떤 사람하고 말을 다투다가 뺨을 맞았다고 한다. 상대방이 뺨 싸대기를 때리더란다. 너무 착해서일까? 남한테도 호구다. "그래서 그걸 가만 놔뒀어?" 했더니, "그럼 어쩌니 싸울 수도 없고." 참 웃을 수도 없는 일이다.

그래 그 친구는 그처럼 착하다. 분별력이 있고 참을성이 많다. 이 세상에 악한 사람이 얼마나 많은가? 깍쟁이들도 많다. 그 친구를 보면 이 세상 사는 게 별것 아닌 것 같다. 그 친구를 자주 만나 가까이에서 잘해주어야겠다. 그 친구는 학부모 모임에서 청소를 하러 오라하면 제일 먼저 빗자루를 들고 와 사람들을 도와주고 학부형끼리 외국에 가서도 친구의 무거운 짐을 다 들어준다. 여행을 해 보면 그 사람의 성격을 알 수 있다 하지 않는가? 고추장 멸치 김치 등을 친구들먹으라고 이 사람 저 사람 다 나누어 준다. 내가 발이 아팠을 때 연고를 구해다 주었다.

2019. 3.

카페에서(41.0＊31.8 6F)

 더운 여름날에

✎ 아니 뭐라구요? 밥을 안 해 줬다구요? 더운 날씨에 집에서 빨래 음식 청소를 자주 도와주는 남편이 열이 나서 큰소리를 쳤다. "당신이 언제 밥을 하고 반찬을 했어? 내가 집안일 한 지가 10년이 넘었어." 사실 내가 밥하고 반찬은 했으나, 남편이 청소 빨래를 자주 한 지가 10년이 더 됐다. 그러나 요즘 남편하고 전등을 달다 키가 안 닿아 의자 50센티 밑으로 떨어져 갈빗대가 부러졌다. 조금 심했고 많이 아팠다. 의사가 "집안일은 절대 하지 마십시오." 한다. 그래서 밥과 음식을 못한다.

전등 달자고 한 것은 남편인데 먼저 화를 낸다. 어이구 웬일로 1년간 삐지지를 않는다 했다. 1년간 아무 소리 없이 서로 편하게 지내왔는데~.

그때 아파트 밖에서 여자와 남자가 크게 싸우는 소리가 들린다. 알고 보니 개 목줄을 안 묶었다고 싸우는 거였다.

앞집 식구들과 개 주인이 싸우는 거였다. 날씨가 기승을 부리며 35도를 너머 36도까지 올라갔다. 나도 열이 났다. 갈빗대에다 칭칭 보호대를 하고 에어컨을 켰지만, 그것도 더위가 잠깐 이었다. 남편은 목소리가 커 그냥 말하는 데도 깜짝깜짝 놀란다. 그런데 내가 아픈데도 큰소리를 치는 것이 아닌가? 나는 화가 나 견딜 수가 없었다. 그것도 반찬을 자기가 한다고~.

나는 화가 나 에어컨을 틀어놓고 잠을 9시까지 늘어지게 잤다. 아침에 일어나 생각을 해보니 약이 올랐다. 남편은 언제 그랬냐는 듯이 핸드폰을 가져와 "여보! 뉴스에 나왔는데 락스 쓸 때는 장갑을 끼고 물에 희석해서 써야 된데." 하지 않는가?

'엎친 데 덮친다.'고 남편이 산에 갔다 밧줄을 타고 내려오는데 1미터쯤 남겨놓고 지팡이가 감겨 빙그르르 돌더니 엉덩이가 돌덩이에 부딪혀 엉덩이가 수박만 하게 멍이 들었다. 거기다가 동네 근처에 다 와서는 20분 넘게 버스가 안 오더란다. 열이 날 일이다. 날씨도 더운데 며칠 사이에 나도 다치고 남편도 다친 거였다.

다쳤다고 애들이 손주들과 설렁탕과 스테이크를 잔뜩 사 왔다. 손주들은 많이 아프냐고 호들갑을 떤다. 그런 말을 들으니 아픈 게 다 나은 듯했다.

전등 달다가 넘어지면서 안경이 깨져 눈 주위가 찢어져 퉁퉁 부은 것을 식구들 친구들에게 사진을 찍어서 다 보냈다. 조금이라도 위로를 받고 싶어서였다.

모두 놀래서 "너 큰일 날 뻔했다. 눈이라도 다쳤으면 어쩔 뻔했니?" 하며 위로를 해 준다. 조금 기분이 낫다.

남편하고 싸우고 난 후 나는 집에 있기가 답답해 남편하고 안 하던 말을 겨우 꺼내 "여보 우리 시원한 카페에 갑시다." 하여, 카페에 와 내가 좋아하는 호박파이와 냉커피를 시켰다.

속이 좀 풀려서 한국 산문을 읽고 호흡 조절을 했으나 얼굴색이 아픈 기가 역력했다. 매주 한 번 병원에 가서 엑스레이를 찍었다. 어느 날은 "뼈 한 군데가 금이 더 갔네요." 할 때는 풀이 죽어 아무 생각도 안 났다.

"언제 다 나을까요?" 하고 묻자, 의사 선생님이 "지금 내가 얘기하지 않았습니까? 한 달 반 걸린다고요." 한 달 반만 걸려도 다행이다. 엑스레이 기사가 서너 달은 걸린다고 하지 않는가? 아휴! 무슨 운수가 안 좋아 넘어져 뼈까지 부러져 이 모양인가?

평소에 재미있게 지낼 때가 그리웠다.

남편은 자기도 다쳤는데 신경을 안 써준다고 그러는 모양이다.

"내 코가 댓 발이 빠졌는데 당신 신경 쓸 여유가 없어요."

내 친구는~, "예수님이세요?" 하고 놀린다. 잘 견딘다고~.

아픈 와중에도 좋은 소식이 있다.

친 손녀딸과 외할아버지가 텔레비전 『세상에 이런 일이』에 나온단다. 외할아버지가 손 솜씨가 좋아 손녀딸을 위해서 나무로 된 공예품을 많이 만들어 주었다. 그것이 소문이나 신문에 나오고 텔레비전에서 일주일 촬영을 한단다. 우리 손녀딸이 텔레비전에 나오는 걸 위로로 삼아야겠다.

2019. 8.

여름이와 내니(53.0＊45.5 10F)

여름이와 내니(53.0＊45.5 10F)

 ## 내 니

　 🖋 나는 우리집 어미 개 내니를 무척 좋아했다. 내니라는 뜻은 가정을 돌보는 사람이란 뜻인데, 우연히 이름을 짓고 보니 내니라는 이름이 되었다. 정말로 내니는 가정을 돌보아 모든 식구의 사랑을 받고 자랐다. 석 달 되었을 때 아기 강아지로 왔는데 얼마나 귀엽던지 꼭 안아주었다. 친구로부터 선물을 받은 것이었다. 처음 온 날 내니 라는 이름을 지어주고 밥을 먹이기 시작했다. 조그만 콩 같은 밥이다. 우리 식구들은 내니가 온다고 플래카드를 붙여놓고 "환영해요"라고 써서 내니 맞을 준비를 하였다.

　 내니는 처음에는 온순한 것 같더니, 자라면서 점점 사나워지기 시작했다. 어렸을 때부터 너무 짖어대 동네 사람들에게 민폐가 말이 아니었다. 강아지 성격이 주인 닮는다 한다. 우리 집에는 그런 주인이 없다. 산보 나갈 때는 하늘색 천사 날개 달린 옷을 입혀 데려간다. 그러면 좋아서 팔짝팔짝 뛴다. 우리 아이들은 내니를 데리고 산보도 하고 친구네 집도 다니면서 예뻐해 주었다.

어느 날 내니가 심술을 많이 부려 모른 척하였더니 저한테 신경을 안 써준다고 으르렁거렸다. 그때는 정말 사람과 비슷하다. 아이큐가 여섯 살 난 아이들과 비슷하단다.

어느 날 그냥 놔두기에는 불쌍해 새끼를 가지게 했다. 배가 점점 불러오더니 두 달 만에 새끼를 낳았다. 나는 그때 교회에 있었는데 새끼 낳을 때 식구들이 들어가면 으르렁거려 나를 찾느라 교회에서 내 이름을 부르며 방송을 크게 하여 얼른 집으로 가 봤더니 내니가 새끼를 낳는 중이었다. 내가 "내니야, 나왔다." 했더니 자기 주인 왔다고 가만히 있었다.

침대 이불을 끌어 내려놓고 그 위에다 낳은 순서대로 새끼들을 눕혀놓고 있었다. 마지막 새끼를 날 때 내가 들어간 것이다. 새끼는 하얀 막을 뒤집어 쓰고 나왔다. 다 나왔을 때 나는 가위를 불에 달궈 탯줄을 잘라주고 막을 벗겨 주었다.

새끼가 네 마리인데 한 마리는 암컷이고 세 마리는 수컷이었다. 다 낳은 후 내니는 지쳐 있었다. 나는 내니에게 "잘했어, 수고했어."라고 칭찬을 해 주었다. 다른 새끼들도 막을 쓰고 나왔을 텐데, 막을 베껴 낸 순서대로 쪼르륵 눕혀 놓은 게 기특했다.

드디어 새끼들을 키우기 시작했다. 큰 상자에다 새끼들 네 마리를 넣어 주고 내니도 들어가 새끼들을 돌보았다. 미역국을 끓여 먹였다. 내니가 사람들이 자기 새끼들을 해칠까 봐 으르렁거려 먹을 것도 못 갖다 주었다. 얼마나 사납고 무서운지 눈치를 보았다. 새끼들이 웬만큼 컸을 때 꼬리도 잘라주고 예방주사도 맞혔다. 꼬리 자를 때는 마취약을 발라주어 안 아프게 하고 꼬리를 잘랐다.

그리고 섭섭하지만, 친구들에게 분양하였다. 수컷 셋에 암컷 하나라 암컷만 남겨놓고 분양을 했다. 섭섭하여 봄, 여름, 가을, 겨울이라고 이름을 지었다. 두 번째 난 것이 암컷 여름이었다. 내니가 암컷이기에 여름이만 남겨놓고 나눠줬다. 섭섭했다. 네 마리의 강아지의 색은 순서대로 하얀색, 엷은 갈색, 짙은 갈색, 초콜릿 색 등이다.
내니가 엷은 갈색이었다. 아마 초코 색과 하얀색이 교미하여 낳았나 보다.

일찍 분양한 이유는 나중에 정을 못 뗄까 봐서였다.
강아지가 한 마리씩 없어질 때마다 내니는 놀라서 커튼 뒤도 찾아보고 여기저기 찾아보았다. 나의 마음은 아팠다. 내니는 17년, 여름이는 13년을 살다 갔다.
나는 울었다.

밤나무 추억

✎ 밤나무는 9~10월에 열매가 열리는 나무로 다 익으면 저절로 열매가 벌어져 떨어진다. 밤송이에는 가시가 많이 달려있는데 그것을 따려면 큰 장대로 흔들어 떨어뜨린다. 다 익은 밤송이를 밟아 가시 껍데기를 벗긴 후 밤 알맹이만 쏘옥 **빼어** 구워 먹거나 삶아 먹는다.

시부모님 일산 산소에 가면 커다란 밤나무가 20여 그루쯤 된다. 지난 추석에 가 봤더니 까치가 알밤을 다 쪼아 먹어 밤이 많이 없었다. 그 밤을 따려고 우리 아이들과 조카들이 장대로 흔들어 밤을 땄다. 그렇게 딴 것을 가족들이 나누어 집에 가져와 냉장고에 저장해 두고 먹는다.

우리는 산소에 갈 때면 음악 CD를 가져가 비틀즈 노래나 어머님, 아버님이 좋아하던 곡을 틀어 놓는다. 자연 속에서 듣는 음악의 묘미는 즐거움을 더 한다. 우리가 산소에 갈 때 음악 CD를 가져가는 것은 조카 중 하나가 아카펠라 회원인데 음악을 너무 좋아해 산소 가는 날이면 좋은 곡을 뽑아다 산소에서 은은하게 틀어 놓는다. 식구들이 음악을 좋아해 누구든 싫어하는 사람이 없다.

그 산소에 가면 밤 터지는 소리도 들을 수 있다. 밤 터지는 소리는 자연의 음악 소리이다. 산소의 밤나무는 시어머니 돌아가셨을 때 심은 나무로 40년이 넘어 큰 나무가 되었다. 우리는 산소 가는 날이면 즐거운 마음이다. 날씨가 좋으면 밤도 따고 큰 텐트를 치고 각자 싸온 음식을 펼쳐 놓고 점심을 먹는다. 각자 자기애가 반장이 되었다느니 공부시키기가 어렵다느니 이야기를 하는데 조카의 아이 중에 큰아이는 지금 중3이다. 조카들의 아이들이 9명이나 되어 대식구다.

아버님, 어머님은 복이 많으시어 손주들도 많이 보았다. 우리는 한식, 추석 때마다 함께 산소에 모여 제사상을 차려 드린다. 가족 간에 우의가 좋아 다투는 일 없이 모두 즐겁게 잘 산다. 나는 시댁 식구들이 모두 마음에 든다. 모두 즐겁게 지내는 것이 큰 복이다.

한번은 우리 아이들이 중고등 학생일 때 밤 장사를 한다고 도구를 구해다가 동네에서 장사를 한 적이 있다. 많이 팔았느냐 했더니, 본전보다는 더 벌었다고 한다. 친구들이 더 달라고 해서 덤을 주기도 했단다. 그 밤은 산소에서 따온 밤도 섞여 있었다. 그래도 천 원에 5개씩

팔아 2만 원을 벌었다고 했다.

이렇게 밤은 일상적인 음식인데도 구워 먹으면 제맛이 일품이다. 밤이 몸에 좋다는 얘기는 누구나 안다. 장 볼 때 밤을 사다가 굽는 솥에다 넣고 15분쯤 뒤적이면 구워진다. 딸이 어디서 알았는지 밤 굽는 솥을 사 왔는데 밑이 조금씩 뚫어져 있다. 익는 냄새가 나면 나는 슬슬 배가 고파진다. 뜨거운 밤을 호호 불면서 먹는 맛은 어떤 맛과도 비길 수 없다.

2019. 4.

휴식

우리 가족은 한 해에 한 번씩 펜션에 쉬러 간다. 캠핑카는 없지만, 캠핑 삼아 각자 자기 차를 타고 목적지까지 도착한다. 이번에는 양평에 있는 평소에 잘 가던 캠핑장으로 갔다. 모두 식구들이 8명이나 됐다.

도착하니 오솔길 사이로 보라색 라벤다가 쭉 피어 있었다. 향내도 좋았다. 짐을 풀고 모두들 펜션을 한 바퀴 돌아보았다. 염소, 닭, 오리 등이 있었고 농구대도 있었다. 카페에 들어가 보니 초현실파 그림들이 걸려있었고 널찍하니 분위기 있게 꾸며 놨다. 길은 요리조리 오솔길이 예쁘게 놓여 있었다. 저녁이 되니 가로등 불이 들어왔다. 아무 걱정 없이 이렇게 걷노라니 마음이 무척 편안했다. 숙소로 돌아와 저녁거리를 꺼내 놓고 저녁 먹을 준비를 했다. 숯불을 지폈다.

숯불이 붙기까지는 꽤 오랜 시간이 걸렸다. 드디어 숯불이 벌겋게 피어올랐다. 마치 영혼의 숨길이 닿는 것 같이 피어올랐다. 가져온 돼지고기 소고기 양파 고구마는 호일에 싸서 불판 밑에 넣었다. 모두

"야! 맛있겠다!" 소리를 질렀다. 저녁 먹는 곳이 방 옆에 붙어 있었다.

거기서 저녁을 해결했다. 이렇게 놀러 오는 것이 영혼의 안식이다.
일상생활에서 벗어나 편안히 쉴 수 있어서 좋다.

그곳에 탁구장이 있었다. 탁구를 어린 손주들이랑 치는데 내가 잘
치는데도 손녀딸이 하는 말 "오빠가 이겼어!" 하는 게 아닌가! 나는
"이제 그만 하자." 타이르며 탁구를 마쳤다.
내가 생각해도 우습다. 며느리는 우습다고 깔깔댔다.

커피숍으로 향했다. 당근 주스 오렌지 주스 자몽 주스 저녁때라 모
두 주스로 통일했다.
재미있게 사진도 찍고 파이도 먹으며 즐거운 시간을 보냈다.
'애들이 어리니까 이렇게 놀러 다닐 수 있구나~.' 하는 생각이 들었다.

실컷 놀다 잠들 시간이다. 침대에다 손자 손녀를 같이 눕혔다. 나는
불편하여 1층에 내려와 소파에서 자고 있는데 12시가 넘은 시간인가 보
다. 두 놈이 내려와 잠이 안 온다고 투덜댔다.
"할머니, 잠이 안 와요."
"하나님 부처님 신이시여" 하며 외쳐 봐도 잠이 안 온다는 것이다.
"그래, 올라가 보자." 하고 손주들의 손을 붙들고,
"하나님 잠이 잘 오게 해 주세요." 했더니 금방 둘이 곯아떨어졌다. 나

는 그 옆에 누워 잠이 들었나 보다.

　아침에 새소리에 잠이 깼나 보다. 이렇게 식구들이 놀러 오니 기분이 상쾌했다. 아침은 아들이 고기와 소시지를 볶아 김치에다 맛있게 먹고 아침 산보를 나갔다.

　주인이 우리를 위해 내가 좋아하는 콜롬비아 커피로 직접 갈아서 뽑아 주었다. 잠이 확 깨고 쌉쌀했다. 고마웠다. 잘 아는 사람의 소개로 왔다니 돈도 안 받고 그냥 뽑아 준 것이다. 그 주인집 딸이 그렸다는 그림이 여기저기 걸려 있었다. 아이들이랑 배드민턴을 치고 재미있게 놀았다.

2020. 12.

산 행

      🖉 남편 친구들 부부, 선배 부부와 우리 부부는 오랜만에 월출산 산행을 하였다. 모두 즐거운 마음으로 도시락을 싸 가지고 갔다. 반찬이라야 장조림과 김치가 주를 이루었다. 20분쯤 걸었을까? 숨이 차고 도저히 걸을 수가 없었다. "나 못 가, 나 못 가." 나는 거의 비명을 질렀다. 모두 멍하니 어찌할 바를 몰라 했다.

    그러다가 숨을 가다듬고 다리를 질질 끌며 올라갔다. 평소에 등산을 거의 안 하는데 오랜만에 등산을 하니 힘들었다. 돌이 많고 험한 터라, 걷기가 여간 어려운 게 아니었다. 친구가 자기는 안 신는다고 나랑 똑같은 사이즈의 등산화를 주어 그 신을 신고 갔다. 걷고 또 걸어도 끝이 없었다.

    한참을 걸으니 적응이 되는 것 같았다. 가다 보니 예쁜 꽃들이 줄지어 피어 있었다. 무척 아름다운 풍경이었다. 이 맛에 등산을 하나 보다 하는 생각이 들었다. 노란 꽃은 그때가 10월이었으니 들꽃이었나 보다. 국화 종류 아니었을까?

모두 앞다투어 갔기에 사람들을 볼 수가 없었다. 남편만이 나를 지키느라 뒤에서 따라왔다. "여보, 우리 여기서 쉬었다 갑시다." 평지가 학교 운동장만큼 넓었다. 산속에 이렇게 넓은 평지가 있다니 거의 산의 중턱인 것 같았다. 한참 가다 같이 온 사람들을 만났다. 모두 도시락을 펼쳐 놓고 먹기 시작하였다.

남편 친구는 밥이 모자란지 배고파했다. 나는 초콜릿 등을 많이 먹은 터라 "밥을 더 드릴까요?" 내 밥을 양보했더니 무척 좋아했다.

발이 너무 아파 신을 벗어 보니 발톱이 한쪽이 붙어 있고 한쪽은 빠져있었다. 발톱이 빠진 거였다.

"이걸 어쩌나, 발톱이 빠졌으니." 나는 가져온 약품 가운데 연고를 꺼내서 발랐다. '역시 산행도 해본 사람이 하는구나.' 하는 생각을 했다. 남편은 놀라서 "발톱이 왜 빠지지?" 하며 의아해했다. 나중에 알고 보니 발톱이 얇으면 잘 빠진다고 한다. 붕대도 가져가 붕대로 칭칭 동여매고 친구가 준 등산화를 다시 신고 걷기 시작했다.

등산화가 잘못됐나 싶었는데 사이즈를 다시 봐도 맞는 사이즈였다. 그런 고역을 치르면서 산행을 어렵게 했다. 거의 다 왔을 때인가 보다. 다리가 점점 아파오더니 다리에 쥐가 나기 시작했다.

나는 "이를 어째, 이를 어째." 하며 울기 시작했다. '철없는' 나를 데려온 남편은 어찌할 바를 몰라 했다.

"많이 아퍼?"

"걸을 수가 없어요."

다 왔던 터라 남편 친구가 차를 위까지 끌고 와 거기서 차를 타고 내려가기 시작했다. 나는 얼굴이 질려 있었다.

다른 남편 친구 부인들이 "나도 아파서 공주처럼 차를 타고 내려왔으면 좋을 뻔했다." 하며 놀리기까지 했다. 지금도 같이 찍은 사진이 있는데 내 얼굴은 울상이다.

2019. 10.

 선 물

✎ 이게 뭐야? 기껏 골랐다는 게 이거야? 나는 짜증을 부리며 골라 준 우리 아이들과 남편에게 말했다. 참, 나도 그 때 철이 없었나 보다. 결혼 후 10년쯤 되던 해인 것 같다. 지금도 갖고 있는 귀걸이다. 귀걸이는 큰 진주에 동그란 모양을 하고 있으며, 밑에 반짝반짝 보석이 달려 있는 것이었다. 사실 진짜 보석은 아니었다. 그 때, 아이들과 남편은 그 말을 듣고 아무 얘기도 없었다. 오히려 미안해 했다. 그 후로 남편에게 선물을 받아 본 적이 없다. 그 사건 이후 크게 맘이 상했던 것 같다.

남편은 직장을 그만두고 한가해져 집안일을 자주 도와주고 있다.

설거지를 해준다고 그릇을 깨뜨려 그릇이 반밖에 안 남았고 청소를 해준다고 청소기로 마루를 다 긁어 놓아 여기저기 흠집을 내놓는다. 사실 나도 집안일을 하기 싫어서 맡겨 둔 것인데 하지만 나에게는 큰 선물이다.

나는 남에게 선물하는 것을 무척 좋아한다. 선물하는 것은 내가 상대방과 친해지고 싶다는 뜻이란다. 나는 좋은 물건이 생기면 나의 장에다 차곡차곡 쌓아둔다. 그리고 좋은 친구들에게 때 맞춰 선물을 한다. 아마도 내 생각에 선물을 받고 좋아하는 상대방의 마음을 읽는 것이 좋아서인 것 같다. 아주 좋은 화장품을 선물 받으면 나는 내가 쓰지 않고 신세 진 분이나 내가 존경하는 분께 그것을 선물한다. 그러면 상대방이 너무 기쁘게 생각한다. 본인들로서는 내가 자신들을 좋게 생각하고 있다는 이유에서일 것이다. 나는 그렇게 좋은 선물을 받은 기억이 없다. 많이 받았을 텐데도 그저 화장품만 기억날 뿐 별 기억이 없다. 제일 좋은 선물이 김장철에 받은 김치들이다. 동생, 사돈댁, 친한 친구들한테 여러 통을 받아 냉장고에 들어갈 곳이 없을 정도다.

식구들끼리 고창에 놀러 간 적이 있다. 고창의 아는 사람들한테 선물로 받은 커다란 수박이 12통, 그걸 차에 싣고 오느라 혼난 적이 있다. 깨질세라 살살 차를 몰고 왔다. 다행히 깨지지는 않았으나, 주위 친지들에게 나눠주는 데도 혼이 났다. 요즈음에는 김영란법이 생겨 선물도 잘 못한다. 손주 담임선생님께도 선물하고 싶건만, 문제가 될까 봐 할 수가 없다. 그래서 나는 조그만 카드를 사서 감사편지를 썼다. 나는 "선생님이 좋아요. 우리 손주도 선생님이 좋대요." 라고 썼다. 며느리는 그걸로 기뻐했다. "어머님 요즘에는 선생님 계좌로

돈 넣는 법이 있대요." "얘, 그건 안 된다. 법을 지켜야지." 어찌되었
건 나는 선물하는 것을 무척 좋아하는 사람이다. 받은 선물은 별로
없어도~.

2018. 5.

소소한 행복(45.5✳38.0 8F)

 **소소한 행복**

✎ 남편이 계절이 바뀌자 바지 9개와 상의 6개를 미안하다며 다림질 거리로 내놓았다. 아침부터 바쁘고 더웠다. 점심을 사주겠다고 한다. 다림질을 겨우 끝내고 우리는 요즘 동네에 새로 생긴 시래기국 집으로 갔다. 저번에도 갔던 집이다. 내가 집안일을 하는 게 미안한지 종종 외식을 한다. 남편이 사 주는 게 원칙이 되어 버렸다. 여전히 맛있었다. 다 먹고 옆집 카페로 갔다. 내가 좋아하는 토스트 빵에 커피를 시켰다. 그전에 다니던 커피숍은 새로 수리하고 있었다. 우리 동네에는 음식점과 커피숍이 많지 않다.

요즘에는 남편이 쉬는 날이 많아 둘이 데이트하는 날이 많아졌다. 직장은 매일 나가는 게 아니라 나랑 산보도 하고 외식도 하고 커피숍에 가서 책도 읽는다.

남편은 열흘에 한 번 두꺼운 책 3권을 동네 근처 도서관에 가서 빌려다 읽는다. 또 갖다 주고 다음번에 읽을 책을 빌려오니 1년에 백 권 넘는 책을 읽는 것이다.

덩달아 나도 책을 쉬엄쉬엄 읽고 있다. 글을 잘 쓰기 위해서 책을 열심히 읽고 있다. 그전에는 뭐가 그리 바빴는지 책 읽을 시간의 여유도 없었다. 그래도 그림, 기타 등 취미 생활을 하느라 무척 바빴다. 이번 겨울은 유난히 추워 감기에 걸려 한 달 넘게 앓았다. 얼굴도 수척하고 무엇이든 하고 싶은 의욕이 줄었다. 나는 열심히 친구들과 산에도 가고 헬스장도 자주 간다. 그중 남편과 카페에 가서 책을 읽는 시간이 제일 즐겁다.

집에서 탈출하여 동네 카페에 와 책을 읽으면 또 다른 느낌을 갖게 된다. 그전에는 혼자 카페에 와 책도 읽고 글도 쓰곤 했건만, 남편이 나의 친구가 되어 주어 점심도 사주고 천변 길도 함께 걷고 하는 것이 무척 즐겁다. 요즈음은 그렇게 춥던 겨울도 지나가고 꽃이 한창인 봄이 되니 기분도 새롭고 꽃만 봐도 좋다. 꽃을 바라보며 햇볕을 쬐며 걷는 것이 무척 즐겁다. 오늘이 입하이니 곧 여름이 된다. 이제 입하이니 앞으로 더위를 잘 견뎌야겠다.

어떤 사람은 수건을 냉동실에 넣었다가 머리를 싸매어 더위를 식힌다 한다. 좋은 방법이다. 요즘에는 꽃뿐만 아니라 천변에 청둥오리도 떠다녀 겨울보다 볼거리들이 많아졌다.

2019. 5.

시어머니 어디 가셨어요?

　　　　　✎ 시집가니 시어머니가 항상 웃으시며 나에게 무척 잘해 주셨다. 나를 부를 때도 늘 이름을 부르셨다. "화영아, 이렇게 좀 해줄래?" 늘 부탁할 때도 고운 말투로 부르셨다.

　하루는 어머니와 시댁 식구들과 함께 동네 산에 올라갔었다. 열심히 땀을 흘리며 한 30분 정도 올랐을까? 어느 구석 자리에 자리를 잡고 앉아 가져온 도시락을 꺼내 먹었다. 돌을 쌓아 그 안에다 나뭇가지를 놓고 불을 지폈다. 조금 쌀쌀한 날씨였다. 우리 식구들은 불을 안 꺼트리려고 나뭇가지를 계속 집어넣었다. 따뜻했다. 추운 날씨여서 지핀 불이 큰 역할을 했다. 그때 갑자기 소나기가 쏟아졌다. 우리는 모두 옷을 뒤집어쓰고 이리저리 비를 피해 산에서 모두 뛰어 내려왔다. 집에 도착하니 옷이 흠뻑 젖어 있었다. 어머니도 옷이 다 달라붙었다. 몹시 말랐다는 것을 알았다.

　어느 날이었다. 나는 어머니에게 청국장을 해드린다고 부엌 뒤쪽에다 어머니가 좋아하시는 청국장을 숨겨 놓았다. 왜 숨겨 놓았는지 나도 모르겠다. 어머니는 이게 뭐니? 하며 청국장 그릇을 꺼내 오셨다. 나는 너무 창피해 아무 말도 하지 못했다.

어머니는 몸이 아프기 시작하셨다. 병원에 가보니 심각한 병이라고 했다. 너무 슬펐다. 어머니가 아프신 후 나는 눈물이 날 정도로 괴로웠다. 그때 나는 첫 아기를 가졌다. 결혼한 지 7개월 만인가 보다. 어머니는 무척 기뻐하셨다. 나의 손을 잡으시고 눈물을 흘리시며
"화영아, 애 잘 낳아 잘 키워야 한다."
윗시누이가 아기를 낳다 몸이 안 좋아 큰일 날 뻔했던 일이 있었기 때문에 더욱 그러셨다.

내가 시집와서 시댁은 서울 근교에 새로 집을 짓는다고 아파트로 이사를 왔다. 아들 둘에 딸 셋을 다 시집 장가보내고 부동산에다 앞으로 먹고 살 것은 가지고 계셨다. 어머니는 엄격하시면서도 인자하셨다.

애를 갖자 배가 점점 불러오기 시작하였다. 어머니도 아프셔서 배가 아프기 시작하셨다. 어머니 병을 고쳐본다고 나랑 식구들은 이리저리 수소문해보고 온갖 방법을 다 썼다. 어느 교회의 전도사는 숯가루를 매끼 두 숟가락씩 먹으라고 했다.

우리 식구들이 모두 다른 집에 가 있고 어머니만 아파트에 남아 교회 전도사와 함께 치료를 시작했다. 어머니는 숯가루 두 숟가락을 드시고 햇볕을 쪼여야 몸에 좋다고 하여 아침이면 해가 들어 올 때 햇볕을 쬐며 누워 계셨다.

나는 우리 뱃속에 있는 아기가 사실상 더 걱정스러웠다. 어머니에게 미안했다. 내 배가 많이 불렀을 때 어머니도 심상치 않으셨다. 어머니는 많이 아프신지 방을 드나들며 안정을 못 하셨다. "어머니, 많이 아프셔요?" 나는 어머니의 배를 쓰다듬어 드렸다. 어머니 눈에 눈물이 고여 있었다. 의사의 말에 의하면 어머니께서 많이 아프실 테니 음식과 여러 가지로 잘 해드리라고 말씀하셨다.

내가 첫째를 낳기 전에 어머니는 돌아가셨다. 어느 날 어머니가 위급하시다는 전화가 왔다. 화장실에서 넘어지셨단다. 그러면 돌아가시는 거란다. 나는 어쩐지 어머니가 돌아가시는 모습을 보면 뱃속에 있는 아기에게 나쁜 영향을 미칠 것 같은 생각이 들었다. 그래서 일부러 연락을 받고 몇 시간을 미적거리다가 늦게 도착했다.

목사님이 어머니한테 "둘째 며느리 왔어요." 하셨다. 어머니께서 내가 오기를 기다리신 모양이다. 죄송했다. 어머니는 기운이 다 하셨다. 얼마 있다 눈을 감으셨다. 나는 눈물이 나기 시작했다. 엉엉 울었다. 시어머니께 더 잘해드리지 못해 미안했다. 큰 죄를 진 것 같은 생각이 들었다. 그리고 시어머니는 다시 돌아오시지 않으셨다.

나는 그 후 큰 녀석이 속을 썩일 때는 예전에 가졌던 나의 조그만 이기심 때문에 아들이 그렇다는 생각이 가끔 든다.

2018. 10.

아! 그곳(60.6＊45.5 12P)

아! 그곳

해변에 집 한 채가 외따로 서 있다. 안에 들어가 보면 많은 사람이 그림을 그리고 있다. 창문이 바닷가로 펼쳐져 안에서도 바다의 출렁거림을 볼 수 있다. 에메랄드 색에다 하얀 거품이 밀려왔다 밀려갔다 한다.

나는 호주에 사는 동생 집으로 향하고 있었다. 동생이 호주에서 공부를 하는 중이었고, 제부는 호주에서 교수로서 가르치는 일을 하고 있었다. 정확한 장소 이름은 호주 서부에 있는 퍼스로서 휴양지로도 유명한 곳이다. 너무 공기가 깨끗하고 아름다운 도시다. 동생은 내가 온다고 차를 수리하고 세차해 놓았다.

나는 선물로 애들 옷들과 동생 지갑, 음식 할 때 쓰는 물건들을 사 갔다. 도착 시간은 호주 시간으로 밤 11시가 넘었다. 우리는 만남의 기쁨을 나누다가 잠이 들었다. 다음 날, 제부가 나를 퍼스 바닷가에 있는 화실로 데리고 갔다. 그곳은 바닷가에 시멘트로 지은 집으로 20평 정도의 크기의 화실이었다. 퍼스 사람들과 같이 나도 그림을 그렸다. 나는 소금을 뿌려 놓은 듯이 바닷가의 모래사장을 그림으로 그려 나타내었다. 선생님은 '앤드라'라는 이름의 여자분이었는데, 매번 내 그림을 보며 좋다고 했다. 지금 와서 보니 그 그림들은 내가 보기에는 별로였다. 이리로 가면 전철 타는 곳, 저리로 가면 시장과 구둣가게, 잡화점 등이 있다는 것을 외워서 동생 집에서 40분 걸리는 화실을 혼자 다녔다. 전철 탈 때는 대부분 호주사람이라 사람구경 하는 것도 재미도 있고 전철을 타면 호주 아줌마와 조금씩 말을 붙여 보는 것도 재미있었다. 올 때는 잡화상을 들러 여러 가지 골동품을 구경하고 어떤 때는 샌들을 신고 돌아다니다 끈이 끊어져 샌들을 사기도 했다. 나는 물건을 고를 때 즉석에서 마음에 들면 사는 버릇이 있어 여러 물건을 구매했다. 해변 화실 선생 앤드라가 조개로 만들어진 내 목걸이가 예쁘다고 어디서 샀냐고 물어봐 똑같은 것을 사다 준 적도 있다. 그 화실에는 수채화, 유화, 데생 등 다양한 그림을 그리는 사람들이 많았다. 배가 고플 때는 화실 앞에 있는 맥도날드에서 닭고기 샐러드를 사서 먹었다. 전철 탈 때는 20분쯤 걸어가면 큰 시계탑이 나오고 시계탑을 보고 위치를 찾았다.

길을 지나는 호주 사람들에게 외국인의 신선함이 느껴졌다. 매번 한국에서 우리나라 사람들만 보다가 코가 크고 키 큰 외국 사람을 보니 새로운 느낌이 들었던 것 같다.

동생과 제부가 나를 코알라 공원, 포도주 공장, 웨스턴오스트레일

리아 갤러리 등 구경을 여러 군데 시켜 주었다. 코알라를 직접 안아도 보고 사진도 많이 찍었다. 여자 동생이 아이 둘이 있어 같이 코알라를 안고 사진을 찍은 것이 있다.

퍼스는 내가 모르는 길들이라 늦게 알았지만, 집에 찾아갈 때 마다 보물섬을 찾아가는 듯, 신기하고 호기심이 가득했다. 해변에서 먹는 화이트소스 스파게티의 맛은 잊을 수 없다. "언니, 형부 요즘 휴가지? 형부도 호주로 불러." 하여 남편을 오라 했더니 일주일 만에 왔다. 무척 오고 싶었던 모양이다. 같이 온 식구들이 해변에서 퍼스 특유의 포도주를 마시다가 남편이 포도주를 옷에다 잘못 쏟아 바지, 티셔츠 등을 세탁하는 일도 있었다. 지금도 그 티셔츠를 입을 때마다 포도주 쏟았던 티셔츠라고 말을 하며 웃곤 한다. 호주는 포도주가 유명하다.

호주에서 어느 날, 시내로 나가려고 전철을 탔다. 표를 끊으려 했지만, 기계가 고장나서 표를 꺼낼 수 없었다. 나는 걱정은 됐으나, 그냥 탔다. 그런데 웬일인가? 철도원이 나에게 다가오며 표 검사를 하고 있었다. 이를 어째? 가슴이 쿵쾅거리기 시작했다. 나는 차분히 기계가 고장이나 표를 구할 수가 없었다고 못하는 영어로 더듬더듬 했더니 철도원이 "ok." 하며 지나가는 것이었다. 나는 "휴~." 하며 한숨을 쉬었다. 퍼스는 휴양지이며 너무나도 아름다운 곳이었다. 나는 사진기를 가지고 이곳저곳을 찍었다. 특이한 집 모양, 카페, 카페에 선글라스를 끼고 앉아 있는 사람들, 뚱뚱한 사람, 날씬한 사람 재미있었다. 햇볕이 강렬하게 내리쬐어 동네를 돌아다닐 때는 선글라스와 모자를 꼭 쓰고 다녀야 했다. 어느 집에서는 요트를 가지고 있는 집들도 꽤 있었다. 집집이 꽃들을 무성히 심어 놓아 모두 아름다운 집들이었다.

퍼스는 바다가 아름답다. 해변 카페에 혼자 앉아 바다를 보고 있으면 가슴이 따뜻해지면서 가슴이 뭉클한 느낌이 든다. 바다색은 그 특이한 에메랄드 비취색. 휴양지라 공원에는 거의 발가벗고 누워있는 사람들, 햇볕 쬐느라고 모두 색색의 수영복을 입고 누워서 선탠하는 사람들, 건강해 보이고 보기가 좋았다.

집들이 모두 지붕이 특이한 색깔로 칠해져 있었다. 그림을 그리는 나는 그 모든 것들을 그냥 지나칠 수가 없었다. 해변의 집들은 지중해식으로 집을 지어 특이한 맛을 주었다. 나는 이곳으로 이사 올까 하는 생각도 했다. 오스트레일리아 갤러리에는 내가 좋아하는 그림이 꽤 있었다. 누가 그렸는지 백합을 한 송이만 딱 특이한 색상으로 그려 놓아 그것도 사진을 찍어 놓았다. 그곳에는 호주 원주민이 그린 그림이 특이하다. 모두 점으로 그림을 그려 추상화 비슷하게 특이한 모양을 표현하는 원주민들 그림은 세계적으로도 유명하다. 주로 주황색을 많이 썼다. 이곳에 와서 해변 화실에서 그린 그림들이 몇 점 남아있어 그 그림을 자주 들여다보곤 한다. 나는 그곳에서의 바다 풍경, 호주 사람들이 그리던 그림, 그곳에서 나는 특유한 냄새들 아직

도 잊을 수가 없다. 호주 퍼스는 내가 여행한 곳 중에 제일 기억에 남
아 있는 곳이다.

2018. 3.

아들과 딸(60.6＊45.5 12P)

 아들과 딸

✎ 인생이란 이런 것이 아닌가 생각해 본다.

나의 친척 집의 일이었다. 행복하게 부부가 사랑을 하여 만났다. 오순도순 재미있게 사는 것 같았다. 첫딸을 낳자, 아저씨네는 딸이라도 좋다 하며 크게 잔치를 베풀었다. 친척, 친구, 동네 사람들 모두 잔치에 참여하여 축하해 주었다.

어느덧 첫째 딸이 두 살이 되자 아기를 하나 더 갖겠다고 하여 아기가 생겨 배가 점점 불러오기 시작하였다. 이번에는 아들을 갖고 싶어 했다. 하지만 어렵게 뱃속에서 자란 아기는 또 딸이었다.

딸이면 어떠랴? 나 같으면 그만 낳겠다. 딸 둘 낳았다고 또 아기를 가졌다. 낳고 보니 또 딸이었다. 요즘 같으면 딸 하나 낳고 그만 낳는 세상인데, 한 40년 전이라 남아 선호 사상이 있어서 꼭 아들을 낳겠다는 게 그 부부의 생각이었다.

그 딸 셋으로 그치는 것이 아니라 남자는 남자 대로 바람이 났고, 여자도 질세라 바람을 피웠다. 이를 어쩌나? 우리 식구들은 아저씨네가 잘 살아주기만을 바랐다.

그 부부는 사랑이 없었던 것인지 딸 셋이 서러웠는지, 둘 사이는 갈라섰고 아이들은 친정 엄마 손에서 키워졌다. 이혼한 그 부부는 어느 날 길을 가다가 다시 만나 정이 새삼 샘솟아 둘이 이런저런 얘기를 하다 호텔로 들어가 관계를 맺었다.

그것이 원인이 되어 아주머니는 아기를 또 갖게 되었다. 갈라섰던 그 부부는 다시 집에 들어와 살게 되었다. 아기를 낳고 보니 아들이었다.

그 집안의 종손이라 그렇게 아들을 원했나 보다. 부부는 좋아서 둘이 껴안고 뽀뽀를 하고 춤을 추고 경사가 났다. 아들이 무엇이 관대 그렇게 바람까지 피고, 헤어지고, 자식들을 버리고 집을 나갔단 말인가? 내가 생각하기엔 웃음만 나온다. 이런 가정도 있구나 하고 생각해 보았다.

딸들은 부모들은 못생겼는데 너무들 아름답게 커주었다. 아들은 키는 조금 작은 듯하나, 이제 어른이 되어 사업도 하고 잘살고 있다. 자식의 자식을 보고 딸들은 또 딸을 하나씩 낳았다. 그 아주머니는 늘 웃고 춤추고 다녔다.

어느 날, 큰딸이 길을 가다 웬 키 작고 못생긴 남자와 눈이 맞아 연애 결혼을 했다. 그 아주머니의 이야기다. 별로 원하지도 않던 결혼이었는데 남자가 결혼 후 딸에게 썩 잘해 주는 것 같지 않다고 했다.

그러던 중 사위가 시아버지 앞에서 그 아주머니 딸이 "시아버지가 무서워 빨리 죽었으면 했다."라는 말을 고자질했다. 기가 막힌 친정엄마는 딸에게 다그쳤다.

"너 정말, 시아버지가 죽었으면 좋겠다 했어? 안 했어?"

"엄마, 나 그런 소리 한 적 없어요."

장모는 그 순간 열이나 사위의 뺨 싸대기를 쳤다고 한다. 으악~, 이런 일이 요지경.

아직도 그 아주머니는 남편이 바람을 피웠다는 것에 대해 나쁜 감정이 깊숙이 남아 있었고, 남편도 아내가 바람을 피웠다는 것에 대해서 속 깊이 나쁜 감정이 남아 있었다. 딸 셋을 낳고, 아들을 난 아주머니는 나이답지 않게 얼굴에 주름살이 자글자글했고, 아저씨도 이마에 깊숙한 주름이 몇 개씩이나 푹 파여 있었다.

아주머니는 이제는 몸도 병이 들어 큰딸이 집안의 큰일을 맡아서 하게 되었다. 도와주는데도 집안의 돈도 다 떨어졌고, 주위 사람들도 다 멀어져 갔다.

그래도 딸 많은 집이 행복하다고, 김장을 하면 딸 셋이 친정에 와서 김치를 담근다. 굴과 낙지를 넣고, 갈치도 넣고 담근 김치는 맛있어 매해 우리 집에 배달된다. 나는 그 김치를 해서 밥을 많이 먹는다.

그 아저씨네는 요즘 하던 사업이 빛을 보아 새집도 짓고 점점 돈을 벌더니 요즘은 갑부가 되어 막내딸에게도 돈을 주고 자식들에게 물질로뿐만 아니라 사랑으로 엄청 잘 대해 준다. 요즈음은 막내딸은 자식을 보아 애 키운다고 눈 주위가 검게 변했다. 그래도 행복한지 늘 웃고 다닌다. 나도 가끔 차를 태워 주며 아기를 잘 키운다. 막내아들은 자식을 낳아 기쁜지 얼굴이 늘 환하다. 싱글벙글 웃으며 다닌다.

막내아들 처는 늘 나에게 아주머니 "잘 지내시죠?" 가끔 전화를 하곤 한다. 나는 속으로 우리 며느리도 전화를 잘 안 하는데, 이렇게 전화를 해서 안부를 묻다니 기특하기만 하다.

나는 이런 집도 봤다. 아버지가 6·25 때 북한에서 못 넘어와 아들 하나만 키우시던 홀어머니가 이제는 구순을 바라볼 때다.

며느리가 딸만 둘 낳고 너무나 아들 못 낳아 준 데 대해 미안해하다가 45세에 아기를 가졌다. 처음에는 또 딸이면 어쩌랴 생각하다가 시어머니에게 얘기했단다. 시어머니는 "애야, 내가 꿈을 꿨는데 웬 남자아이가 집 문으로 들어와 서 있더라." 했다. 그래서 그냥 뱃속에서 애를 키워 낳고 보니 아들이었다. 45세에 건강한 아이를 낳았다. 나는 애 낳을 때까지 그 선배가 아기를 가졌는지 모를 정도였다. 참 기막힌 이야기다.

나도 손주가 둘이다.

요즘 세상에 아들 대물림하면 뭣하나 하는 생각이 든다. 요즈음은 자식들이 집에 찾아와도 밥해주기 바쁘고, 바쁘다고 잘 안 찾아오는데, 저희끼리 행복하게 잘 살아 주었으면 하는 바람이다.

이제는 아들만 바라던 시대는 지나갔다. 부부끼리라도 행복하게 살면 된다. 이제 제사도 점점 없어질 것이고 세태가 바뀌어 간다. 결혼도 안 하고 아이도 안 낳는 세대다. 구순이신 우리 아버지께서 하시는 말씀이, 아들 있으면 뭐하니? 착한 딸 하나면 됐지~.

2017. 12.

놓친 고기가 과연 클까(60.6✻45.5 12P)

놓친 고기는 과연 클까

　✎ 나는 지금의 남편을 안 만났으면 어떠할 뻔했을까 싶다. 지금은 아이 둘을 낳고 손주까지 보고 행복하게 산다. 부러울 게 없다. 그전 철이 없던 시절 첫사랑 얘기를 해 보려 한다.

　학교 서클에서 4월이 되면 딸기 먹으러 간다고 했다. 4월이 되던 어느 날, 김밥을 아침부터 부지런히 싸 가지고 길을 나섰다. 기차를 타고 가는 거였는데 나는 늦게 서울역에 도착하였다. 도착하니 서클 친구들이 기다리고 있었다. 겨우 기차를 타고 가는 도중 남학생들이 농담으로 춘향이와 이 도령 이야기를 하며 깔깔 웃으며 재미있게 놀면서 갔다.

　그때만 해도 나의 마음은 미래의 꿈과 기쁨이 있었다. 그러나 나는 한때 아픔을 겪고 난 후 나의 마음은 한동안 우울하고 쫓겨 사는 기분이었다. 내가 왜 이렇게 됐을까? 나는 나 자신을 한탄하였다. 나는 이제 선배 얘기를 해보려 한다.

　그 선배는 모두 6번을 만났다. 딸기밭에 도착. 그중에 눈에 띄는 선배가 있었다. 깜짝 놀랐다. 나의 눈과 그의 눈은 마주쳤다. 얼굴이 하얇고 눈은 부리부리하고 얼굴은 갸름한 편이었다. 지적으로 보였다. 키도 컸다. 얼굴 보고 사람을 가름하지 않는데 나는 그 남자 선배를 보고 첫눈에 반한 것이다. 이때부터 비극은 시작된다. 딸기밭에 가서 내가 싸온 김밥을 그 선배에게 주었다. 콩밥으로 싸온 김밥이라 도시락에 콩 한 조각을 남겼다. 나는 무슨 의미가 있는 걸로 생각했다. 딸기를 소쿠리에 수북이 따서 돌려가며 맛있게 먹은 후 수건돌리기를 했다. 그런데 그 선배가 내 뒤에다 자꾸 수건을 놓으며 다른 데로 달아나는 것이었다. 나는 뒤쫓아 가서 붙잡았다. 모두 박장대소를 하며 웃었다. 그때부터 마음은 이상해졌다. 서클에 무슨 행사가 있을 때마다 그 선배는 찾아왔다. 나는 모르는 척하였으나, 은근히 좋았다. 그가 나에게 마음이 있다는 것을 알았고, 나도 그를 매력적으로 생각하고 있었다. 서로 좋아한다는 사실을 알고 있었다. 어느 날 우리 서클에서 마지막 달에 연극제가 있었다. 이 서클은 1년하고 끝나고는 그후 가끔 만나는 것이었다. 이 연극제 연출로 그 선배가 나타난 것이다. 나는 나도 모르게 쌀쌀맞게 대했다. 그는 연극 연출을 하느라 회원들을 주인공, 비주인공을 뽑았다. 나는 그곳에도 나가지 않았다. 연극 연습을 하는 동안 두어 번 나갔나 보다. 내가 나가자 어느 날 그는 기타로 로망스를 쳐주었다. "하늘은 파랗게 말없이 개이고~ 방황하는 소녀~." 나는 멋쩍어 그 연습장을 나왔다. 그리고 내가 어느 날 나갔을 때 그 선배는 술자리를 마련하여 프러포즈를 하였다.

"결혼합시다. 나는 당신에게 첫눈에 반했습니다."

"술잔을 꼭 쥐고 계십시오." 하며 술을 따랐다. 나는 그 술잔을 놓아 버렸다. 너무 놀라 아무 소리도 못 하였다. 술잔을 놓지 않으면 결혼에 승낙하는 표시였다. 나는 대학교 1학년인데 그 선배는 법대생이라 사법고시 준비를 해야 했고 2학년생이었다. 나는 결혼은 조금 늦게 할 생각이었다. 나는 마음에 들었으나, 그런 태도로 나타나게 되었다. 그는 실망하고 그 자리에서 너부러졌다. 옆에 동기들 회원들이 그때 유행하던 '화' 노래를 불러주었다. 그 노래는 프러포즈에 적격이었다. 그 후로 그 선배는 돌아서게 되었다. 나는 너무 당황스러워 거절하고 만 것이다. 그렇게 해서 세월은 지나갔다.

그러던 어느 날 내 마음에 맞은 큐피드 화살은 마음에서 그칠 줄 모르게 자라나게 되었다. 너무 마음으로 좋아하게 된 것이다. 어느 날 그 선배가 나의 학교로 가는 버스를 같이 타고 있었다. 우리 집 앞에서 나를 기다리다 같이 탄 것 같았다. 나는 교실로 그냥 들어갔다. 우리는 서로 캠퍼스가 달랐다. 나중에 나와 보니 학교 앞 잔디밭에서 친구들과 놀고 있었다. 이렇게 서로 만나려고 학교를 왔다 갔다 했다. 그러다 나는 직접 그가 공부하는 교실로 찾아갔다. 그가 너무 반가워하며 코카콜라를 사주었다. 그리고 헤어질 때 내 볼에다 살짝 뽀뽀를 했다. 나의 사랑의 마음은 더욱더 커지게 되었다. 그러나 그 후로 볼 수가 없었다. 이것이 아마 상사병인가 보다. 4년 대학 생활을 거의 그 선배에게 미치다시피 하여 보냈다. 학점을 겨우 따 몇 년 후에 졸업하게 되었다. 결국은 나의 소극적인 성격 때문에 이루어질 수 없는 상황이 되었다. 왜 그때 쌀쌀맞게 대했을까? 후회했다. 그 태도로 인해 선배도 실망하고 일은 끝나고 말았다. 알아보니 그는 미국에서 살고 있다고 한다.

어쨌든 알 수 없는 사건으로 끝나고 말았다. 생각나는 건 연극 연출의 팸플릿에 이렇게 쓴 거다. 누구는 정을 아끼고 따뜻한 마음을 아낀다. 나는 연극 연출보다 누구를 향해 조심스럽게 고백을 하고 싶었다. 그는 『젊은 베르테르의 슬픔』에 나오는 베르테르가 됐다. 베르테르는 샤롯데를 사랑하다 사랑이 이루어지지 않자 머리에 총을 쏴 결국 죽음을 맞이한다. 내 생각에 얼마나 속이 상했으면 그런 글을 썼을까?

친한 친구가 대학 캠퍼스를 나오는데 나뭇잎을 따서 나에게 씹어 보란다. 씹어 보던 나는 "아이 써, 이게 뭐야?" 했더니 친구의 말, 그게 아픔의 맛이란다. 마음이 씁쓸했다.

2018. 7.

어머니의 음식 솜씨

어머니는 음식을 참 맛있게 잘하셨다. 요리 강좌 시간에 텔레비전에 나올 정도였다. 어머니가 밥을 하실 때는 큰 가마솥에다 장작불을 때어 하셨다. 나는 어릴 적에 어머니에게 이야기를 붙이며 이 얘기 저 얘기를 했다. 어머니께서는 가마솥을 여시더니 밥이 다 될 때쯤에 보글보글 올라오는 것이 아버지가 사냥하실 때 동물을 죽여서 그렇다 하셨다. 나는 정말로 그런 줄 알고 아버지께 "사냥 좀 그만하세요." "밥이 보글보글 올라오잖아요?" 했더니 아버지는 빙그레 웃으셨다. 아버지께서는 독수리도 잡아 오시고 노루도 잡아 오시곤 하셨다. 노루고기로 만두를 빚어 먹던 기억이 난다.

어머니께서는 참외를 좋아하셔서 50개쯤 한꺼번에 사다 여름에 찬 펌프 물에 담가놓아 시원한 참외를 먹을 수 있었다. 어머니는 평소에 간식으로 찐빵을 잘 만드셨다. 팥을 삶아 절구에 찧어 찐빵 속에 넣어 커다란 찐빵을 형제들을 모아놓고 먹으라고 소쿠리에다 가득 담아 우리에게 간식으로 나눠주곤 하셨다. 지금도 그 찐빵의 맛을 잊을 수가 없다.

　남편은 종종 친구, 직원들을 집으로 데려오는 거다. 마누라 자식 자랑 음식 자랑 하고 싶어서일 것이다. 아버지는 절대로 사람을 데려오지 않으셨다. 어머니가 미인이라 다른 사람한테 뺏길까 걱정하신 모양이다. 그러면 나의 남편은 뭔가? '하하, 이건 아니겠지?'

　어머니는 냉면 순대 빈대떡 강정 등을 잘 만드셨다. 이북 분이라 육수를 내어 평양냉면을 맛있게 잘 만드셔서 여러 사람이 좋아했다. 순대는 큰 양은 통에다 만드셔서 둘둘 말아 밖에다 얼려 놓으셨다. 먹고 싶을 때 칼로 둑 둑 잘라 쪄서 식구들이 맛있게 먹었다.

　겨울에는 더운 아랫목에서 텔레비전을 보고 있으면 출출할 때 찬 동치미 국물에다 찬밥을 말아 참기름을 떨어뜨려서 쟁반에다 식구들 수만큼 떠오셨다. '아~, 맛있는 동치미 밥. 결혼 초에 남편은 사위에게 이런 걸 주냐고 투덜거렸으나, 나중에는 맛있다고 잘 먹었다.

　어머니는 전골 요리도 잘하셨다. 옛날 음식점에서 잘 쓰던 구멍이 숭숭 나 있는 불고기판에 고기를 얹어 당면과 함께 잘 만드셨다. 형제들이 밖에서 놀고 있을 때면 불고기 했다고 귀로 전하고 전하여 맛있게 먹던 기억이 난다. 음식 솜씨는 삼대로 대물림 한다고 한다. 우리 형제들도 음식 솜씨가 좋아 동생은 나에게 김장철 되면 김치를 맛있게 담가 준다.

어머니 김치는 학교 담임선생님 차지였다. 내가 초등학교 6학년 때
는 점심시간에 어머니가 음식을 만들어 오셔서 나는 그 맛에 공부를
열심히 하였나 보다. 이렇게 수필가가 된 것도 어쩌면 어머니 덕분인지
모른다.

2019. 12.

어머니와 카네이션(60.6*45.5 12P)

어머니의 초상

✎ 추석에 손자가 안마를 해주겠단다. 등을 들이대고 앉으니 고사리 같은 손가락을 말아서 밤톨만 한 주먹을 만들고는 내 어깨를 '톡톡' 치다가는 "할머니, 시원해?" 한다. 내가 언제 이렇게 나이가 들어 손자의 안마를 받나 싶다.

친정어머니는 1남 4녀 우리를 낳아 길러 늘 다리가 쑤시고 저리고 아프다 하셨다. 어머니는 안마를 받고 싶으면 형제가 많건만 늘 내가 밟아드리는 것을 마음에 들어 하셨다. 나는 그때마다 어머니 다리를 밟아드리곤 하였다. "애야, 그쪽 말고 저쪽. 아니 그쪽." 하시며 여기저기 밟아달라고 하셨다. 그러면 나는 더 신이 나서 노래를 부르며 더 세게 밟아드렸다. 그날도 나는 어머니 다리 위에 올라가 무릎 근처를 세게 밟았다. 순간 "아얏!" 어머니는 신음을 토하며 나를 밀쳐내셨다. 그리고 무릎을 움켜쥐고 한참이나 아파하셨다. 다리가 부러진 것 같았다. 겁이 났다. 나도 어머니의 무릎을 두 손으로 모아 잡으며 얼굴을 찡그리며 물었다. "엄마, 많이 아파? 어머나…." 나는 너무 놀라 울면서 아버지에게 전화했다. 회사에서 달려온 아버지가 응급차를 불러 나와 어머니를 태우고 동네 정형외과로 갔다. 정형외과 선생님이 "이 거 심각 하군요, 서너 달은 걸려야 나을 것 같습니다." 하시지 않는가? 잘해드리려 한 건데 내가 밟다가 딴생각을 한 것 같았다. 어머니는 그 후로 깁스를 하고 지팡이를 짚고 다니셨다. 나는 어머니께 죄송하고 볼 낯이 없었다. 하지만 "미안해요."라고 말할 때마다 어머니는 항상 "얘야, 미안해하지 말아라, 괜찮다. 잘하려다 그렇게 된 거잖니?"라며 웃으셨다.

그때 우리 집은 들어가는 대문 입구까지 계단이 많았다. 그래서 동 네 사람들이 우리 집을 부를 때 '계단 집'이라 불렀다. 어머니는 잘 나 다니시지 못하셨다. 꼬박 집에서 계시는 날이 많았다. 나들이할 때는 식구들이 팔을 잡아드리고 열두 개 정도 되는 계단을 걸어 내려가셨 다. 눈이 많이 오는 겨울에는 그나마도 엄두를 내지 못하고 늘 방 안 에만 계셔야 했다. 아버지가 기자생활을 하셔서 지프차가 있었지만, 회사 차라 마음대로 쓰지는 못했다. 그래도 꼭 나들이를 하셔야 할 때 는 어렵게나마 그 지프차를 얻어 타고 다니셨다.

내가 어머니 무릎을 부러뜨렸던 때가 대학 3학년이던 1978년의 일 이었던 것 같다. 여러 친척과 엄마 친구들이 그 소식을 듣고 집에 찾 아오셨다. 내가 그랬던 거라 부끄러웠지만, 얼마나 고마웠는지 모른다. 어느 날은 엄마 친구분이 케이크 한 통을 사오셨다. 내가 제일 좋아하는 케이크를 보자 나는 철없게도 그것을 자르지도 않고 숟가락으로 다 퍼먹어버렸다. 깁스를 하고 지팡이를 짚고 다닌 일 년 동안 어머니는 집에서도 잘 걷지를 못하니 음식도 앉아서 만드셨다. 우리를 시켜 장을 봐다가 깨강정, 만두, 빈대떡, 순대 등 우리가 좋아하는 것은 무엇이든 여느 때처럼 만들어주셨다. 이북이 고향인 어머니는 빈대떡을 부칠 때는 돼지고기 기름을 둘렀다. 며칠 전 추석 음식을 하면서 어머니께 배운 그대로 빈대떡을 부치다 어머니 생각이 나서 눈시울이 뜨거워졌다.

가물치는 알을 낳은 후 새끼로 자라면서 어미의 살을 다 뜯어 먹어 새끼가 자라기까지 어미의 살은 10%도 남지 않는다고 한다. 미물도 그렇건만 어머니의 마음도 그런 게 아니었을까? 우리 어머니는 아이를 많이 낳아 길러서인지 몸이 마른 편이셨다. 여러 자식을 키워 오신 어머니. 나도 어느덧 그때의 어머니 나이가 되었지만, 어머니보다 몇 배 건강하다. 하지만 부모가 되어보니 비로소 어머니의 그 심정을 알 것 같다. 추석에 손자의 안마를 받으며 불현듯 어머니 모습이 떠올라 그리움에 눈시울을 적신다.

2018. 9.

예수님의 초상(72.7✽60.6 20F)

또 오게 해주세요

과천교회에서 고등부 선생으로 20년 넘게 학생들을 가르쳤다. 한두 해 가르치다 보니 재미가 붙어 그렇게 오랜 기간을 가르치게 됐나 보다. 20년이란 세월은 적지 않은 세월이다. 과천교회는 장로교 교회로 올해 70주년을 맞이한다. 주일날 아침 일찍 예배를 드리고 그 후에 한 시간 아이들과 성경 공부도 하고 이런 얘기 저런 얘기를 하며 학습을 한다.

고등학생인데도 아이들 믿음이 굳건하여 교회 빠지는 일도 없이 꾸준히 교회 생활을 잘한다. 내가 성경 얘기를 할 때는 눈을 똑바로 하고, 얘기를 잘 듣고, 질문도 한다. 매주 열 명 중에 여덟 명은 참석한다. "선생님 회식해요." 하며 조르는 적도 있다 두 달에 한 번은 거의 회식을 하는 셈이다. 한 반에 아이들이 10명씩 되어 꽤 많은 숫자이다. 아이들과 회식을 주로 가는 데는 쇼핑몰에 있는 뷔페이다. 나는 아이들에게 최선을 다한다고 비싸지만, 그곳으로 아이들을 종종 데리고 간다.

아이들은 주로 누가 누구와 사귄다는 등 친구 얘기를 많이 한다. 교회 내에서 사귀는 것 같은데 여자 친구랑 몇 번 싸우기도 했지만, 그래도 아직 잘 사귀고 있다고 한다. 여자 친구가 발렌타인데이에 초콜릿을 줬는데 안 먹고 아낀다는 등 이런저런 속사정 얘기도 잘 한다.

한번은 부활절 행사로 특이한 아이템을 잘 내놓는 팀에게 상을 주었다. 나는 계란과 바구니를 가져가 아이들에게 계란에 그림을 그려 넣으라 했다. 미대 입시를 준비하는 애들이 2명이나 있어 예수님 얼굴상과 기독교적인 그림을 그려 10팀 중에서 1등을 하여 상금으로 회식을 한 적이 있다.

처음에는 교회 기도원이 부실해 300명이 넘는 아이들을 수용할 수 없었지만, 이젠 이천에 땅을 많이 기부를 받아 기도원을 멋지게 지었다. 그게 30년 전이니 내가 과천교회를 35년을 다닌 셈이다. 교회가 성장하여 5천 명이 넘는 성도가 참석한다. 기도원에서 교회 체육대회로 배드민턴 시합을 했다. 우리 반 아이들 2명이 출전을 하여 결승전까지 올라갔다. 그때 나는 아이들의 기를 살려 주지 못했다 나는 배가 고파 점심으로 받은 샌드위치를 식당에서 먹고 나오니 우리 아이들은 게임에서 지고 끝이 났다. 그때가 후회된다. 그래도 나는 전심전력을 다해 아이들을 돌보았다고 생각한다.

한번은 우리 반 아이들과 밤을 주우러 밤 농장에 간 적이 있었다. 밤 봉투를 하나씩을 주고 다 담으면 1만 원의 요금을 내는 거였다. 신나게 밤을 담은 후 가져온 점심을 먹는 시간이었다. 아이들이 "선생님 시 한 편 읊어 보세요." 한다. "나는 하나님 아버지 이 밤을 구워 드릴까요? 삶아 드릴까요?" "내려오셔서 같이 드시지요." 했더니 아이들이 군밤 주우러 "또 오게 해주세요." 하라고 난리다. 나는 "또 오게 해주세요." 했더니 아이들이 좋아하며 실컷 웃었다. 큰 재산을 얻은 양 기쁜 맘으로 밤을 안고 왔다. 밤을 구워보니 썩은 것이 많았다. 그래도 호호 불며 먹는 재미가 쏠쏠했다. "그럼 그렇지 1만 원어치가 싼 게 아니야."

2019. 4.

야경(53.0＊45.5 10F)

옷

　　✎ 오늘도 옷을 걸쳐 입고 약속 시간에 맞춰 집을 나섰다. 날씨가 컴컴하여 비가 곧 내릴 것 같았다. 그렇게 즐겨 입던 옷도 이제는 시들해졌다. 색깔 맞춰 이렇게도 입어보고 저렇게도 입던 옷이었는데 이제는 그저 그렇다. 멋 부리는 것이 싫증이 났다는 것이다.

　대학 다닐 때는 서클을 했다. 남학생 10명 여학생 10명이 만나 예술에 관해서 토론하는 모임이었다. 그때는 내가 옷 제일 잘 입는 여성에 뽑혀 한몫할 때도 있었다. 나는 그때, 옷 입는 것에 신경을 쓴 적이 없었다. 바지는 집에서 누가 입던 것인지 브라운 색깔의 헤진 것 같은 느낌의 저지 바지에다 티셔츠만 갈아입고 다녔다. 그러다 가끔 엄마가 사다 주시는 옷을 입고 멋 부리면서 나갈 때도 있었다.

　하루는 내가 하도 멋을 안 부리니까 언니와 엄마가 옷 사주겠다고 작정을 하고 나를 명동으로 데려간 적이 있다. 하루 꼬박 다녀도 맘에 드는 옷이 없어서 그대로 집으로 돌아온 적이 있다. 엄마는 나를 한심하다는 눈으로 쳐다보았다.

어느 날 음악회를 가야 하는데 입을 옷이 없었다. 그때 은근히 나를 좋아하던 대학원생이 늘 음악회 표를 끊어서 나랑 만나 국립극장 등 여러 군데를 같이 갔다. 그 대학원생은 잘생겼으나 유전적으로 앞머리부터 빠지는 병을 갖고 있었다. 나는 좋은 것도 없고 싫은 것도 없었다. 밥 사주면 맛있게 먹고 이런저런 얘기하다 헤어지는 게 일상이었다.

그런데 음악회라면 약간의 사치스러운 데가 있지 않나 싶다. 옛날 외국의 귀족들이 음악가들을 불러 집에서도 듣고 홀을 빌려 듣기도 했던 것이다. 그때의 상황을 보면 귀족들은 드레스를 멋있게 차려입고 망원경을 들고 일어나 박수를 치고 했던 것이다.

음악회를 가려고 명동으로 나갔다 돌아오던 중 드레스 예쁜 것을 발견했다. 하얀 위아래 붙은 옷에다 위에 겉옷이 있는 옷으로 전체가 파란 원이 점점이 있는 옷이었다. 그 옷을 살까 말까 하다 찍어만 두고 집으로 왔다. 엄마한테 얘기했더니 그 옷 사러 가자고 "어디에 있는 거니?" 하며 적극적으로 사주시겠다고 했다. 나는 드디어 그 옷을 가지게 되었다.

그때는 40년 전이니까 음악회는 주로 국립극장에서 했다. 요즘 같으면 예술의 전당에서 많이 했을 텐데, 예술이 성하지 않던 시절이었다. 나는 그때 성가대를 하고 있었다. 연주회에 성가곡을 갖고 많이 참석했다. 지휘자는 그 유명한 피아니스트 정명훈 누나 정명소 선생님이었고, 경희대 플롯 교수셨다. 합창을 해서 성가곡을 테이프로 만들어 전국 곡곡으로 판매했다. 크리스마스가 되면 『메시아』를 부르려고 전국 교회에서 사람들이 모여든다. 나는 4회 때 메시아를 메조소프라노로 불렀다.

나는 드디어 땡땡이 옷을 입고 대학원생과 데이트를 하며 음악을 즐겼다. 그 국립악단에는 첼리스트 김영희라고 친한 친구도 있었다. 땡땡이 옷을 입으니 그래도 모양새가 괜찮았다. 내가 옷을 사 입은 적은 대학교 들어와 처음이었다. 그날따라 국립극장에 정명소 선생님도 오시고 대학교수인 이종은 교수님도 오셨다. 나를 보더니 무척 반가워하셨다. 나는 속으로 '옷 사 입고 오길 잘했지!' 생각했다.

옷은 때가 되면 예의를 차려입어야 한다고 생각한다. 그런데 웬 말인가? 내가 명주라는 서클에서 제일 옷 잘 입는 사람으로 뽑혔으니. 아마, 옷걸이가 좋아서인 것 같다.

사실 그때 나는 옷이 없어서 언니 옷도 빌려 입고 동생 옷도 빌려 입을 때였다. 가끔 내가 조그만 옷집에서 티셔츠나 바지 조각 같은 싸구려 옷이나 사 입을 때였다.

나는 용돈을 주면 돈을 모아 기타를 사서 기타를 배웠다. 대학 졸업 후인 것 같다. 그렇게 나는 성격이 실질적이었나 보다.

그 후로 우리 동네에 맞춤옷 집이 등장하여 졸업 후 결혼도 해야 했고 해서 가끔 옷을 맞춘 적이 있다. 나팔바지가 유행이라 보라색 나팔

바지, 청재킷, 브라운색으로 된 짝 붙는 코트 등 여러 가지를 맞춰 입었다.

그렇지만 데이트할 사람을 찾으니 데이트할 사람이 없었다. 교회에서도 여러 명이 데이트 신청을 하였으나, 모두 마땅치 않았다.

마음에 드는 사람은 없고 엄마는 나를 결혼시킨다고 계속 옷을 맞춰 주었다. 그러던 중 만난 사람이 지금의 남편이다.

남편과 데이트할 때는 그래도 격식을 맞춰 옷을 입고 나갔다. 남편이 내가 마음에 들었는지 모르겠지만, 딱 세 번 만나고 결혼 날짜를 잡았다.

이것이 나의 옷 역사이다. 그 파란 땡땡이 옷은 아직도 생각이 난다. 그 옷을 입고 내가 변신하던 때를 생각하면 '사람이 때에 따라 옷도 중요하구나.' 하는 생각이 든다.

2017. 12.

산책길(53.0＊45.5 10F)

 **산책길**

🖋 요즘에는 운동 삼아 산책을 많이 한다. 동네 성복천 산책로를 2시간 걷고 나면 다리가 뻐근한 게 많이 걸은 것 같다. 산책을 한참 하다 보면, 개천 가에 청둥오리 두루미 참새 송사리 등이 돌 위를 왔다 갔다 한다. 두루미는 가는 발로 돌 위에 있으면 발이 차지도 않은가?

사람 다니는 인도로 걸어야 하는데 자전거 다니는 길로 다니면 앗차 한다. 어떤 사람은 발을 쭉 뻗고 올렸다 내렸다 하며 걷는 모양을 보면 재미있다.

나는 남편이랑 주로 걷는데 남편의 걸음이 너무 빨라 쫓아가느라고 숨을 헉헉거린다. 다 걷고 나면 커피집으로 들어간다. 한 잔에 3,500원 정도로 싼 커피집인데 자리도 넓지 않고 아늑한 의자가 2명씩 앉게 되어 있어 짐 놓고 앉기에는 간편하다.

주인 아줌마와 친해져 들어가면 서로 웃는다. 달력도 주고 다른 사람보다 커피를 일찍 뽑아 준다. 남편은 책을 읽고 나는 핸드폰을 본다. 그러면 남편 왈. "핸드폰 그만 보고 책 좀 읽어요!"

남편은 어떨 때는 존댓말을 쓰고 어떨 때는 반말을 쓴다. 남편은 산을 좋아해 뒷동산에도 자주 올라간다. 동산에 오르다 보면 우리집 뒷산에는 두꺼비 모양의 바위가 있어 올라갈 때마다 자기의 소원을 빌고 두어 번 두드려주고 내려온다.

운동 기구를 돌아가며 이용하고 겨울에는 엉덩이가 차가워 오래 못 앉아 있다. 내려오는 길이 여러 갈래라, 잘못 내려왔다가는 다른 길로 내려와 우왕좌왕한다. 어쨌든 산책은 건강에 좋다.
옆 동에 사는 시누이는 윗 시누인데 삶의 의욕이 대단한 사람이다.
매일 동네에서 1시간 정도 산책을 한다고 자랑한다.
'걸으면 오래 살고 누우면 오래 못 산다는 말이 있다.'
동네 산천이라도 짧은 코스라도 걸어야겠다. 그래야 건강하게 살겠지?
숨을 헐떡이며 걸을 때는 힘 드나, 힘이 생긴다.
산책길은~!

2020. 2.

 장미

🖊 5·6월에 피는 장미는 여러 색을 가지고 있다. 그중에서도 나는 흑장미를 무척 좋아한다.

가시가 달려 장미에 더 매력을 준다. 과천에 장미의 숲이 있어 장미가 필 때면 축제를 연다. 그때면 친구들과 도시락을 싸 가지고 장미의 숲에 가서 점심을 먹으며 장미를 감상한다. 노란색, 붉은색, 파란색, 핑크색 등 여러 색을 가지고 있다. 어느 날 친구 집에 갔더니 집 들어가는 입구에 장미가 집 전체를 덮고 있었다. 와! 정말 놀랄 정도였다. 나는 딸에게 초등학교 들어갈 때 장미 모양의 꽃이 달린 옷을 사주었다. 그 옷이 좋다면서 너무 그 옷만 입어 옷이 다 달았다. 딸도 장미를 무척 좋아한다.

남편도 장미를 좋아하여 가끔 늦게 들어오면 장미를 사서 나에게 웃으며 건네준다. 그런데 싸구려 장미인지 물에 꽂아 놓으면 금방 시든다. 그래서 나는 장미를 사면 꽃대 아랫부분을 불에 그을려 꽂아 놓는다. 나는 애들 학교에서 하는 꽃꽂이반에 들어가 꽃꽂이를 배웠다.

일주일에 한 번씩 꽃꽂이를 하여 집안 중앙에다 예쁘게 꽂아 놓는다. 식구들이 모두 좋아하여 모두 집에 들어오면 "야! 꽃이다."를 외치며 좋아한다. 나는 장미 노래도 좋아한다.

'4월과 5월'이라는 남성 듀엣 가수의 『장미 노래』다. 가사는 이렇다. "당신에게서 꽃 내음이 나네요. 잠자는 나를 깨우고 가네요. 싱그런 잎사귀 꽃잎마다~. 어쩌면 당신은 장미를 닮았네요." 가끔 남편이 이 노래를 불러준다. 흐흐, 고맙다. 아들 결혼식 때도 우리 조카가 아카펠라를 하는데 그날 축가로 이 장미 노래를 불러 주었다. 며느리랑 아들은 이 노래를 좋아했는데, 결혼식 때 이 노래가 나오니까 둘이 쳐다보며 웃으며 좋아하던 기억이 난다.

이번 동유럽 여행에서도 호텔에서 장미를 봤다. 큰 1m 되는 병에다 큰 장미 잎을 전부 따서 넣어 두었다. 그런 병이 10개쯤 되는데 엷은 미색의 장미였다. 큰 샹들리에 밑에 늘어져 있는 장미 잎들은 은은한 향기를 품으며 내 눈에 들어왔다. '장미는 꽃잎만 봐도 예쁘구나!' 생각이 들었다. 나는 친구 집에 놀러 갈 때면 장미를 한 다발씩 사간다. 그것도 흑장미로. 친구들은 내가 장미를 좋아하는 것을 알아 기뻐하며 받자마자 병에다 꽂아 놓는다. 누가 장미 노래를 할 때마다 나는 따라 하거나 몇 번씩 속으로 불러 본다. 시인인 라이너마리아 릴케가 장미에 찔려 죽었다는 소문도 있다. 그저 장미가 환상적인 꽃에다 소문을 붙였을 것이다. 아니 사실이라는 소리도 있다.

봄에서 여름이 될 때쯤 피는 장미는 무더기로 심어 놓은 곳이 우리 동네에 여러 군데 눈에 뜨인다. 그럴 때마다 나는 꽃잎을 하나둘 따서 씹어 먹어보기도 하고, 한 송이를 꺾어서 머리에 꽂아 보기도 한다. 꽃은 시들면 그만이다. 그래서 나는 어느 큰 백화점에서 장미 생화를 진공으로 해서 색 그대로 곱게 유리로 된 안에다 20송이쯤 넣어둔 장식품을 사서 잘 보이는 곳에 놓아두었다. 꽃이 생생하다. 지날 때마다 쳐다보며 미소를 짓는다. 그 안에 있는 장미는 빨간 장미이며 송이가 조금 적은 것이다. 그림도 장미를 많이 그리는 사람들이 많다. 장미는 많이들 좋아하는 모양이다. 어느 날 장미가 꽤 예쁘게 그려져 있는 그림을 찍어 사진을 친구에게 선물한 적이 있다. 친구는 그 사진으로 변형하여 예쁘게 그려 나에게 그림을 선물한 친구도 있다.

보통 결혼식 할 때도 장미를 여러 송이를 합쳐서 드문드문 신부 신랑 들어가는 길에 진열해 놓는다. 대개 색깔은 엷은 노란색이다. 신부는 장미처럼 예쁘게 살라는 뜻이다.

학교 다닐 때 우리 반 남자애가 나한테 장미 노래를 앞에서 불러주었다. "당신에게서 꽃 내음 이 나네요~. 당신은 마치 장미를 닮았네요~." 아들 결혼식 때 축가로 불러준 노래, 나는 그때 그 남자애한테 그 노래가 좋아 반할 뻔했던 적도 있다. 흑장미의 냄새가 지금도 내 코를 찌르며 나에게로 달려오는 것 같다. 어쨌든 장미는 내가 좋아하는 꽃이며, 지금도 누가 장미를 선물한다면 선물하는 그 손에 뽀뽀를 해주고 싶다.

2018. 1.

수국(60.6✽50.0 12F)

재미있는 언니

재미있는 언니는 피아노과를 전공하여 비교적 좋은 대학에 들어갔다. 늘 피아노 연습을 많이 했고 최고 학점만 받아 왔다. 어느 날 넷이나 되는 동생들을 전부 언니 방으로 불러들였다. 스트립쇼를 한다는 거였다. 옷을 잔뜩 껴입고 쇼를 시작했다. 하나씩 벗기 시작했다. 우리는 호기심 어린 눈으로 구경을 했다. 스웨터를 하나 남기고 마지막 때였다. 언니는 별안간 큰소리로 "뭘 보려 그래?" 하며 자기 방으로 돌아가라 했다. "하하!" 웃으며 우리는 모두 방을 나온 적이 있다.

또 이런 추억이 있다. 언니가 고3 때 입시준비를 할 때였다. 나는 고1로 시험 때였다. 지리 과목을 시험 볼 때였다. 내가 공부할 때 언니는 피아노를 쳐대어 나는 공부를 할 수가 없었다.

그때 치던 곡이 쇼팽의 『즉흥환상곡』이었다. 그 곡은 빠르고 요란했다. 그래도 언니는 열심히 피아노를 쳐댔다. 나는 외우는 과목이라 외울 수가 없었다. 나는 신경질이 나 지리책을 뜯어 버렸다. 그 후로 지리책을 구하려다 어머니한테 혼난 적이 있다.

언니는 모양을 부리는 것을 좋아했다. 학교 가기 전날 이 옷 저 옷을 입어보고 사촌 언니에게 조언을 구해 입을 옷을 정해놓고 잠이 들었다.

언니는 피아노과를 일등으로 졸업하여 전국 순회 공연을 다녔다.
피아노는 잘 쳤지만, 영화 주제곡『LOVE STORY』를 치다 교수한테 혼난 적도 있다.

언니는 피아노 레슨을 많이 하여 용돈이 많았다.
제일 부러운 게 뜨끈뜨끈한 우유를 시켜 먹는 거였다. 나도 먹고 싶었으나, 부모에게 용돈 타 쓰는 게 싫어서 먹고 싶어도 못 먹었다.
어느 날 가게에서 우유 한 병을 샀다. 그런데 우유병이 얼마나 더러운지 나는 먹다 포기하고 말았다.

어느 더운 여름이었다. 라디오를 듣고 있는데 H대 학생 설귀영 외 9명이 순회 공연을 하다 식중독에 걸려 모두 위험하다고 나오지 않는가? 우리 식구들은 모두 병원으로 달려갔다. 모두들 심해 언니는 의식을 잃고 있었다. 며칠 후 구사일생으로 살아나 집으로 돌아 온 적이 있다.

나는 순둥이라 언니에게 항상 졌다.

내가 아기 때 나를 이불을 싸서 뉘어 놓으면 옹알옹알하면서 뒤척이지도 않으면서 가만히 누워 있었다고 한다.

그래서 별명이 순둥이였다고 한다.

언니도 어렸을 때 착해 어머니더러 동생이 예쁘니까 저 인형 상자 있는 곳에 놓자 했다 한다. 그러나 지금은 세상 풍파를 겪어서 그런지 성격이 강하다.

언니와 나는 늘 경쟁 상대였지만, 그래도 나를 늘 사랑해주어 언니 친구들이 오면 나를 불러 "내 동생이야." 하며 소개해주었다. 언니는 학교 다닐 때 피아노를 잘 쳐 오페라 라보엠에 연주를 맡게 되었다. 학교에서도 뛰어나다고 외국 가서 공부만 하고 오면 교수를 시켜 준다고 했는데 결혼 후 외국 가서는 공부를 더 하지는 않았다. 아이들 둘 키우는 데만 전념을 하였다. 하지만 조카들이 잘 커주었다.

골프를 잘 쳐 어느 날 공을 제일 가까이 홀에 부쳐 상을 타 갖고 와 식구들에게 나눠 준 적이 있다. 형부도 온순 해서 언니한테 잘해준다.

나는 언니 딸하고 성격이 비슷해 통화를 자주 한다. 미국에서 살고 있기 때문이다. 조카는 딸 하나를 두고 있는데 이번에 그 주에서 writing 대회에서 일등을 하여 TV에도 나왔다고 한다. 아기 거북이가 비닐에 싸여 나오지를 못하고 있는데 어린아이들이 그것을 벗겨 내어 살린다는 이야기다. 그리하여 아이들이 환경 운동을 벌인다는 이야기이다. 조카딸은 초등학교 3학년인데 어떻게 그런 발상을 했을까? 이제 애니메이션으로 나온단다. 대견하다.

나는 조카에게 이렇게 우리 집안이 잘 되는 것은 할머니가 좋은 일을 많이 베풀어 잘되는 거라고 얘기해줬다.

　　조카가 이 글을 읽어 보더니 "엄마가 젊을 때 그러셨군요." 한다.

　　조카가 이번 달에 한국에 나오는데 여러 사람이 모이는 한국의 카페를 좋아하여 함께 가려고 한다.

외국에서의 생활은 제약이 많이 있어 어디 다닐 데가 마땅치가 않다고 한다. 이제 미국에서 조카가 오면 계획을 짜 언니네랑 여러 곳을 다니면서 여가를 즐길 계획이다.

2019. 5.

청바지와 기타

     기타를 더 배우기 위해 문화교실 기타반에 들어갔다. 모두 튜닝을 하느라 띵, 띵, 띵 하며 소리를 맞추고 있었다. 기타 치는 시간은 모두 두 시간 반, 그중 15분은 쉬는 시간이다. 한 친구가 생강차를 늘 타갖고 와 5명쯤 나눠 먹는다. 새벽에 친구 남편이 늘 보온병에 타 놓는다 했다. 쉬는 시간에 쿠키와 차를 마시며 이 얘기 저 얘기를 한다. 한 사람은 미국에서 딸이 치과의사를 하여 미국에 몇 달 갔다 왔다. 오랜만에 보니 반가웠다.

  어느 날이었다. 선생님이 많이 찢어진 청바지를 입고 오셨다. 나도 그날따라 찢어진 청바지를 입고 갔다. 또 어떤 친구가 속살이 다 보이는 찢어진 청바지를 입고 왔다. 그날따라 많은 인원이 찢어진 청바지를 입고 왔다. 처음이었다. 그렇게 찢어진 청바지를 많이 입고 온 것이~.

  기타 반에 조금 뚱뚱한 기타 잘 치는 아저씨가 있는데 그 아저씨 말이 "모두들 미쳤나? 찢어진 바지를 입고 다니게?" 하며 한마디 했다. 모두들 웃었다. 또 어떤 분은 "돈 만 원 만 주면 바지를 사 입을 수 있는데." 참 한심하다는 듯이 말했다. 기타와 청바지는 70년대부터 어울리는 한 쌍이다. 나는 청바지는 많지만, 찢어진 청바지는 특이해서 어느 상가에서 샀다. 반바지 입은 것 같이 그 밑으로 죽죽 찢어져 있었다. 나는 기분 좋게 샀다. 유행이다, 찢어진 청바지가.

어느 날 기타 반 쉬는 시간에 커피를 혼자 마시고 있는데 모두 우르르 나오더니 한 싹싹한 친구가 "언니! 구석에서 혼자 마시고 계셔요?" 하며 물었다. 어떤 친구는 "커피 마시는 게 우아해요." 했다. 나는 "이거 커피가 아니라 생강차예요." 하며 얼버무렸다.

기타 쉬는 시간은 15분이라 실컷 쉴 수 있다. 선생님이 늘 여러 외국 기타리스트의 공연을 보여 주셔서 재미있게 수업을 하고 있다.

하루에 대여섯 시간 기타를 연습하여야 잘 칠 수 있다. 어느 날 우리 손녀딸이 우쿨렐레를 두 달 배웠는데 얼마나 잘 치던지 기가 꺾이고 말았다.

우쿨렐레는 4줄 기타는 6줄. 나는 기타가 잘 안 되지만, 더 열심히 해야겠다.

그래서 기타를 칠 때 찢어진 청바지를 입고 나서나 보다.

2020. 1.

추억의 거리(60.6✳50.0 12F)

추억의 거리

　　✎ 어렸을 때 살던 예전 집에 가 보고 싶었다. 남편과 함께 내가 태어난 혜화동과 고등학교 때 이사를 가서 살던 동숭동을 가 보았다. 혜화동과 동숭동 거리는 서로 연결되어 있어 동숭동을 따라 올라가 보면 혜화동이 나온다. 동숭동 거리는 젊은이들로 붐볐다. 내가 잘 가던 레코드 가게, 60년이 넘은 학림다방, 50년이 넘은 자장면집, 화랑 등 오래전의 모습 그대로였다.

　　학림다방은 고전음악 다방인데 문학 하는 사람들이 음악을 듣고 토론을 하던 곳이었다. 우리집이 동숭동에 있어 시간이 나면 학림다방에 가서 음악을 듣곤 했다. 그때 좋아하던 곡이 성악가 엄정행 교수의 목련화였다. "그대처럼 순결하게~ 그대처럼 아름답게~ 오 내 사랑 목련화야~."라는 가사의 가곡이다. 그때 잘 먹던 자장면집은 주인은 바뀌었을지 몰라도 맛은 그대로였다. 대학 다닐 때 배고프면 자주 들어가서 먹곤 하였다. 샘터라는 책이 나오는 붉은 벽돌로 지은 큰 건물도 그대로 있었고, 마로니에 노래가 유행하던 서울대학교 문리대 자리도 큰 변화가 없었다. "지금도 마로니에는~ 잎이 지고 있겠지~ 룰루루 루루 루루루~." 가요 마로니에 가사 한 대목이 떠오른다.

마로니에 골목을 끼고 올라가면 고등학교 때 살던 집이 있다. 그곳에 가보니 예전에 살던 우리 집은 다세대 주택으로 변해 있었다. 섭섭하여 그곳을 배경으로 사진을 찍었다. 그 뒤편으로 이화장이라고 하는, 이승만 초대 대통령이 살던 집이 있어 우리 집을 찾는 사람들에게 이화장의 얘기를 하면 잘 찾아오곤 하였다. 남편과 나는 이화장 근처 기와집 찻집에 들어갔다. 한옥을 개조하여 지은 찻집이었는데 무척 고풍스러웠고 자그마하나 분위기 있는 집이었다.

동숭동 집을 내려와 위로 올라가니 혜화동 거리가 나온다. 내가 태어난 동네로 어렸을 때 초등학교와 중학교를 다니고 놀던 곳이다. 혜화동의 우리집은 기다랗고 큰 골목에 있어 비가 많이 오면 비가 철철 넘치기도 하였다. 골목이 길어 버스에서 내리면 한참을 걸어가야 집이 나온다. 집 근처에는 큰집과 고모가 살고 있어 학교 갔다 오면 큰집에서 놀곤 했다. 명절 때는 식구들이 모두 모여 윷놀이를 하고 놀았다. 제사도 큰집에서 식구들이 모여 함께 지냈는데 제사에는 관심이 없고 젯밥에 관심이 있어 제사 나물을 큰 양푼에 비벼 나눠 먹곤 하였다. 우리가 살던 혜화동의 집은 다세대 주택으로 바뀌었고, 큰집과 고모 집도 몰라보게 변해 있었다.

초등학교 때 다니던 교회는 그대로 있었다. 말 그대로 조그만 교회인데 채송화, 봉선화, 팬지꽃 등 다양한 꽃들을 심어 놓고 교회 안에는 의자의 향나무 냄새가 특이하게 내 마음을 끌었다. 초등학교 때 교회에서 찬송 경연 대회가 있었는데, 나는 열심히 준비하여 강단에 섰으나, 긴장하여 가사가 전혀 생각이 안 나 그대로 내려온 부끄러운 기억이 난다. 그곳에서도 기념으로 사진 한 장을 찍었다.

50~60년 전에 살았던 혜화동은 우리가 이사 간 후에도 큰집과 고모가 오랫동안 살고 있었으며 결혼 후에 남편도 가 보아 그 길을 기억하고 있었다. 혜화동의 우리 집은 자취도 없게 바뀌어 마음이 아팠다. 돌계단 집은 먹을 것이 없는 사람들이 묵은 김치와 밥을 얻어 가던 기억이 난다. 그 집은 꽃밭도 있고 연못에 큰 창고도 있어 창고 안에는 아버지가 사냥해 온 큰 독수리가 박제되어 있었다. 나는 연못 안에서 수영도 하곤 했는데, 깨끗하지도 않는 물에서 수영을 했다.

초등학교 교화가 팬지 꽃이어서 학교 개교 기념일에 받아 온 팬지꽃을 꽃밭에 여러 송이 심은 적도 있다. 집에는 툇마루가 있어 학교 시험 때는 툇마루에 앉아 시험공부도 하고 낮에는 해를 똑바로 쳐다보고 해와 눈싸움도 했다. 그때부터 눈이 나빠지기 시작한 것 같다. 툇마루에 누워 잠도 잤는데 거기가 나의 안식처였다. 안방에는 다락방이 있어 그곳에 들어가면 온갖 옷들이 트렁크에 들어 있었다. 나는 그것을 뒤져보는 재미가 쏠쏠했다. 어릴 때 입던 무용복도 있고 스웨터도 여러 종류 있었다.

 우리 집은 창경궁과 가까워 동생을 데리고 가 산책도 하고 동물 구경을 하곤 했다. 벚꽃이 피면 창경궁에 벚꽃이 만발해 벚꽃 미팅을 한 기억도 난다. 혜화동과 동숭동의 옛 동네를 거닐면서 옛날 추억에 잠겨 본다.

2019. 7.

 이, 이, 이

✎ "오늘 치과 가는 날이야?"

나는 짜증을 내며 치과 갈 준비를 했다. 천성적으로 이가 약해 거의 중년부터는 치과를 자주 가는 형편이다. 임플란트를 여러 개 해 넣고 이 치료를 하는 동안 나는 치과라면 몸서리를 친다. 치과에 가면 의자에 기대어 앞 받이를 두르고 가만히 기대어 있으면 치과 의사가 다가온다. "어떠세요? 그동안 괜찮으셨어요?" 나는 "네." 하고 대답한다. 30년 넘게 다닌 치과건만 의사와 나는 농담 한 번 나눈 적이 없다. 매번 새로운 사람처럼 그저 그런 말만 하면 그것으로 끝이다.

어머니가 79세 때 앞니고 아랫니를 다 빼야 하는 일이 일어났다. 잘한다는 치과를 찾아갔는데 그다지 좋은 결과를 못 보았다.

어머니의 이가 0.3cm 정도 앞으로 나와 있었다. 그 이를 윗니, 아랫니 다 빼버렸다. 그 이를 빼는 순간 나는 내 이를 빼는 것 같이 마음이 아팠다. 그렇게 젊었을 때 곱던 어머니. 아랫니 윗니를 다 빼고 나니 어머니의 입이 오그라들었다. 결국, 그 치과에서 잘못해서 어머니는 틀니마저도 못 쓰게 되었다. 이가 없으니 어머니의 모습이 말이 아니었다.

이 안에다 주삿바늘을 여기저기 찔러 넣는다. 아프지만 꾹 참아야 한다. 안 아픈 척 가만히 있어야 한다. 내가 이번에 한 이는 임플란트를 잘못하여 신경을 건드렸다. 밤새 이가 쑤시고, 며칠 후 동유럽으로 13일 여행을 가려던 참인데, 뽑아서는 안 되는 것이었다.

"약을 15일 치 드릴 테니 약으로 견디세요."

'아휴, 이를 어째?' 모처럼 가는 여행인데 이가 아프니 여행 가서도 견딜 수가 없을 것 같았다. 나는 짜증이 났으나, 의사에게 짜증을 부릴 수가 없었다. 나는 교양 있는 사람처럼, "네, 그럴 수도 있지요?" 의사는 미안해했다. 나는 여행 가서도 아침, 저녁으로 약을 먹어야 했다. 아플 때도 있고, 그럭저럭 참으며 13일을 보냈다. 맛있는 음식이 앞에 늘어서 있는데 이가 아프니 잘 먹지도 못하고, 이가 이렇게 중요한지 몰랐다. 앞으로가 더 문제다. 앞니 윗니들이 아직도 남아 있는데 이 이마저 망가지면 나는 어떻게 해야 하나? 걱정이 된다. 의사 선생님 말씀이 이가 아주 약하여 많이 고쳐야 할 것 같다고 한다. 이를 어쩌나? 참 걱정이다. 우리 어머니는 그래도 이가 튼튼하여 79살 때 이를 다 빼어 틀니를 하셨으니 어머니는 이가 건강한 편이셨다. 그러나 내가 해드린 틀니는 며칠 쓰지도 못하고 잇몸에 맞지 않아 쓸 수가 없었다. 나는 치과에 전화해 비용을 반만 돌려 달라 했으나 거절당했다. 속이 상했다. 어머니는 이를 못 쓰셔서 잇몸으로 씹으셨다.

어느 날, 친구가 열무김치를 먹어보라며 한 통 줬다. 먹어보니 열무가 무척 단단하였다. 베어지지도 않는 김치를 억지로 베어 먹다가 그만 앞니가 부러졌다. '이를 어째?' 친구는 "어땠어? 맛있었지?" 물어본다. 나는 속으로 '그걸 김치라고 담갔니? 내 이 물어내!' 하고 싶었지만 "응, 잘 먹었어. 맛있더라. 조금만 더 줘." 나는 능청을 떨었다. 그 친구가 미웠다. 이 치료비용을 물어줄 사람도 아니다. '흥! 너 두고 보자.' 속으로는 속상했다.

손주가 보는 그림책 중에 '치과의사 제니'라는 책이 있다. 큰 늑대가 치과에 찾아와 이를 치료받는 장면이 있는데 입안에다 큰 막대기를 걸쳐 놓고 치료하는 것이다. 나중에는 치과 의사가 늑대에게 잘 치료해주고 잡혀 먹는 이야기다. 치과의사는 생쥐이다. 마치 무슨 교훈을 주는 것 같았다. 나는 손주에게 읽어 주면서 "너 커서 치과의사 할래?" 했더니 늑대에게 잡혀 먹어 싫다고 했다. 내 생각에 '그래, 치과의사가 뭐가 좋겠니? 힘든 직업이지.' 어쨌든 이가 중요하다는 것이다. 이가 아프거나 이가 없으면 맛있는 것들을 잘 못 먹는다.

2018. 1.

풍경(72.7*60.6 20F)

 친구

오솔길은 자꾸 다녀야 사라지지 않는다. 오랫동안 사람이 다니지 않으면 잡초가 자라 흔적도 없이 사라진다. 우정도 그렇다. 친구 사이엔 자주 만나 정을 나누어야 깊어진다. 그런데 요즘 들어 친구를 잘 못 만난다. 내가 멀리 이사를 와서 집도 멀고 시간도 넉넉지 않아서 일 것이다.

어제는 1년에 서너 번 만나는 친구들과 오래간만에 쌀국수를 맛있게 먹고 커피숍으로 자리를 옮겼다. 이 얘기 저 얘기하다 "나는 문예교실을 다니며 수필을 쓰고 있다."고 자랑삼아 말했다. 그랬더니 친구들이 하나같이 "애, 돈이 되는 걸 해야지. 그게 돈이 되니?" 하며 나한테 모두 달려들었다. 뜻밖이었다. 나는 '너, 너무 좋은 일 한다. 수필 열심히 써서 수필가가 되거라.' 하고 격려해줄 줄 알았더니 친구들은 하나같이 돈이 되는 일을 해야 한다며 야단법석이었다. 황당했다. 나는 그만 상처를 안고 집으로 돌아왔다.

우리 동네에는 빵집과 커피숍이 몇 군데 있다. 나는 가끔 홀로 커피숍을 찾는다. 그곳에서 언제나 친구 사이인지 여럿이서 수다를 떠는 사람들을 많이 본다. 무척 재미있어 보인다. 나도 젊었을 때는 이 모임 저 모임 다니며 그들처럼 즐겁게 시간을 보냈다. 그때는 시간이 어떻게 갔는지 모르게 지나갔다. 우리 집 근처에 와서 살겠다는 친구들도 더러 있었다. 내가 좋아서 그렇단다. 그러던 친구들이었는데 이제는 전화번호마저 잊었고 연락도 끊겼다.

가끔은 친구들이 보고 싶은데 피차 아이들 키우며 바쁘게 살다 보니 그렇게 되고 말았다. 참 안타깝다.

내가 잘 가는 빵집에서의 일이었다. 아침 9시쯤 되었을까? 할아버지들이 지팡이를 짚고 산에 갔다 오는 모양이었다. 재미있게 웃고 얘기를 하더니 별안간 한 할아버지가 소리를 지르며 친구의 멱살을 잡는 게 아닌가? 그들 나름대로 싸울 이유가 있었던 것 같다. 거칠게 싸우기 시작했다. 그래도 웬만하면 참으시지 멱살 잡을 정도로 돈을 많이 꿔줬나? 참~, 조용한 빵집에서 그렇게 큰소리를 치며 싸우다니. 사람들은 나이 들수록 고집부리고 곧잘 잘 싸운다고들 한다.

내가 아는 언니도 외국 여행만 가면, 친구들과 싸우고 돌아온다고 한다. 대개들 밤에 잘 때 싸운다고 한다. 종일 다니다가 마음에 안 든 게 하나둘이 아니었나 보다. 싸울 때도 욕을 하면서 다시 안 볼 듯이 싸운다고 한다. 그동안 쌓였던 스트레스를 푸는 게 아니었을까?

그 노인들이나 아는 언니같이 그렇게 싸울 바엔 친구는 오히려 상처만 될 것 같다.

나는 운전도 못 하고 길도 잘 몰라 그나마 남아있는 모임도 나가는 것이 뜸해졌다. 하지만 친구들이 늘 보고 싶다. 인간은 외로운 존재이다. 가족도 중요하지만, 친구 없이는 못 산다. 나는 깊이 사귀었다고 여긴 친구가 다섯 명이나 되고, 그 외에도 일상적으로 만나는 친구들도 여럿 있다. 살면서 친구 세 명만 얻어도 인생에 성공했다는 말이 있다. 그럼 나는 친구 면에서는 성공한 것이 아닌가?

그런데 "왜 수필 같은 걸 배우냐? 돈이 되는 걸 해야지." 이 같은 말을 하는 친구들이면 다시 만나고 싶지 않다. 우리 나이에 돈 같은 이야기는 천박스럽기까지 하다.

아파트 주변 푸르던 나뭇잎들이 곱게 물들고 정원 감나무에 익어가는 노란 감이 그렇게 이쁠 수가 없다. 그게 내 모습이라면, 그런 풍경을 내가 글로 잘 쓸 수 있다면 마음에 상처를 주는 그런 친구쯤 나와 멀어진들 어떤가!

2018. 3.

십자가(72.7＊60.6 20F)

 # 커피 석 잔

    ✎ 나는 저녁형 인간이라 할 수 있다. 아침에 일어나기가 너무 힘들다. 조금만 더 자자 조금만 더 하며 새벽에 일어날 때 게으름을 피운다. 새벽에 일어나 기도를 해야 하기 때문에 아침형 인간이 아닌 나는 여간 어려운 게 아니다. 그래서 새벽만 되면 졸려서 커피를 마시고 조금 있다가 또 마시고 마지막으로 한 잔 또 마신다. 그러니 순식간에 석 잔의 커피를 마시는 셈이다. 그제야 눈이 조금 떠진다.

    TV 토론 시간에 나온 어느 아들이 아버지와 같이 나와 "우리 아버지는 하루에 아홉 잔의 커피를 저더러 타 달래서 귀찮아요." 하루에 아홉 잔이라니~, 나는 석 잔도 많아 남한테 얘기를 안 하는데. 나는 카페라떼도 무척 좋아한다. 고소한 우유 맛과 커피 맛이 믹스되어 나의 입맛을 자극한다.

    어느 날이었다. 일을 보고 들어오는 중에 커피가 먹고 싶어 잘 들어

가지 않는 카페에 들어갔다. 커피 향에 끌려 커피를 마시고 있는데 같이 기타 치는 형님이 여러 명의 친구와 우르르 들어와 케이크에 불을 켜고 생일파티를 하는 거였다. 나를 보더니 "여기 웬일이에요?" 했다. 나는 조금 당황스러운 표정으로 "아니 그냥 들어왔어요." 했다. 그 형님이 기타 반에 가서 사람들 모였을 때마다 내가 커피를 혼자 마시고 있더라고 "멋있어요." 하고 사람들에게 얘기하지 않는가?

커피 혼자 마시는 게 뭐가 멋있다고 "멋있어."를 연발하는가? 조금 창피했다.

나는 여행 가서도 맛있는 커피가 있으면 "커피 이름이 뭐예요?"라고 묻는다. 원산지를 알고야 마신다. 요즘에는 다 마시고 천 원만 내밀면 한 잔을 리필해준다. 어느 날 한 잔 더 달라 했더니 그 제도가 이제는 없어졌단다. 여러 사람이 와 몇 잔만 시키고 전부 리필로 시켜 없앴단다.

동유럽에 갔을 때 신세 진 사람에게 커피 원두가 가득 든 콜롬비아 커피를 하나 사서 내가 좋아하는 친구에게 선물한 적이 있다. "친구가 고마워 그걸 갈아서 잘 내려 먹어 아직도 다 못 먹었어. 커피 향이 짙은 게 맛있더라."

나는 어디 다닐 때는 꼭 커피를 한 병 보온병에 챙겨 간다. 그리고 갈증이 날 때마다 마신다. 커피 마니아인 셈이다. 밤에 자다가도 깨면

한 잔 타서 마시고 잠을 자기도 한다. 어떤 사람은 입만 대도 잠이 안온다 한다. 그런 걸 보면 나는 커피 복은 타고난 셈이다. 친구들이 놀러 갈 때면 나를 위해서 커피를 꼭 타갖고 온다. 요즘에는 커피 내리는 수업이 있어 커피를 내리는 사람을 바리스타라 한다.

나이 드신 분 중에 배우는 분들이 많다. 친구들을 데려다 유리로 된 기구에 내려주는 때가 종종 있다. 나는 커피 분쇄기를 선물 받아 종종 갈아 먹는다. 한번은 여행 중에 일인용으로 특이하게 생긴 동으로 만든 분쇄기를 발견해 25불에 산 적이 있다. 무척 애지중지한다.

왜? 커피만 보면 먹고 싶고 마시면 맛있는 걸까? 잠이 많아 잠 깨기에는 좋다. 커피를 카페에서 혼자 먹는 사람을 보면 내 모습 같아 우습다.

2019. 11.

큰아버지 어디 가셨어요?

✍ 아이들 큰아버지가 1년 전에 돌아가셨다. 돌아가시기 전날 시댁 식구들은 모두 병원에 갔다. 그 전부터 심장병을 앓고 계시던 큰아버지는 몇 번 병원에서 심혈관 수술을 받으셨다. 그때마다 나는 마음이 조마조마했다. 몇 해 전부터 "내가 사는 날이 기껏해 봐야 얼마 안 된다."라고 하셨다. 죽음을 예감하고 계셨던 것 같다. 큰아버지는 늘 편안하게 말씀하셨고 아주 여러모로 훌륭하셨다. 돌아가시기 전날 나는 마음이 약해 못 보았지만 본 사람들은 심장이 위아래로 올라갔다 내려갔다 하면서 큰 '쇼크'가 왔다 한다. 식구들 모두 안절부절못하고 조바심을 냈다. 밤 9시경에 돌아가셨다. 다음날 모두 상복을 차려입고 손님을 맞았다. 큰어머니는 멍하니 정신이 없으신 것 같았다. 내 옆에 와 앉아계신 것이 마음을 달래주기를 바라는 마음이었다.

사람은 한 번 왔다가 반드시 가는 법. 자신들의 생명은 정해져 있는 것 같다. 사람이 갈 때 너무 슬프면 눈물이 나오지 않는다 한다. 성경에 에녹이라는 선지자는 자기의 생명을 연장시켜 달라고 하나님께 간구했을 때 100년이 넘게 더 살게 해주어 969살까지 살게 되었다. 생명은 하늘에 있다 한다. 큰아버지는 기독교인이 말하는 천국에 가셨을까? 교회는 안 다니시며 집 문 앞에 교회 팻말을 늘 붙이고 사셨던 분이셨다. 돌아가실 때 식구들이 짐작하지 못하던 일이라 모두 놀랐다. 큰어머니는 몇 번 기절하셨다. 나는 죽는다는 것은 생각하고 싶지 않으나, 누구나 다가오는 한 번은 마지막으로 겪어야 할 일이다.

사람은 심장이 멈춰도 뇌는 살아 있다고 한다. 어떤 사람은 그 기간에 저승사자와 만나 하늘나라를 갔다 왔다고 한다. 그래서 갔다 와서 하늘나라 이야기를 하곤 한단다. 죽어서 천국이라는 곳에 가면 얼마나 좋을까? 기독교인은 모두 죽어서 천국에 간다는 믿음을 가진다. 나도 초등학교 때부터 기독교를 믿었으니 꼭 천국이라는 곳이 있다면 갈 것이라고 믿는다.

인생은 하루 길게 꿈꾸고 난 것 같다는 말이 있다. 나도 지금 꿈을 꾸고 있는 것인지 살고 있는지 어떨 때는 헷갈릴 때가 있다. '그래 나는 분명 살아서 생각하고 움직이고 있는 거야.' 하고 다짐해 본다.

큰아버지의 시신이 화장터에 들어가셨을 때 큰어머니와 딸은 기절 직전이었다가 쓰러졌다. 나는 한번 쳐다봤는데 큰 통에다 화장한 **뼈**를 가득 싣고 와 "이 **뼈**를 갈아드릴까요?" 한다. 나는 그 소리를 듣고 기절할 뻔했다. 어느 날 꿈에 친정어머니·아버지께서 보이셨다 친정어머니는 곱게 한복을 차려입으시고 보이셨다. 나는 "어머니! 어머니!" 부르다 깨어났다. 어머니·아버지께서는 영혼이 낙원에 계시리라 믿는다. 나는 언제까지 살지 모르겠으나, 사는 동안은 열심히 최선을 다해 살려고 한다. 이런 말이 있다. '빌어먹을 힘만 있어도 감사하라'고. 두 다리 두 팔 멀쩡하니 이런 죽음을 보고 열심히 살아보리라.

2019. 9.

기타와 손자(53.0＊45.5 10F)

기타는 재미있다

기타 치는 일은 재미있는 나의 취미 가운데 하나다. 30명의 회원으로 문화 센터에서 배운다. 등록하는 날이면 집안 식구 모두 동원되어 난리가 난다. 총 5 대 1의 경쟁률이다. 기타 선생님이 잘 가르친다는 사람들의 입소문으로 그런 것 같다. 나는 등록하는 날이 되면 조마조마하다. 등록되면 곧 "어머니 됐어요." 하며 아들에게서 전화가 온다. 얼마나 기쁜지~! 이렇게 등록하는 날이면 난리를 친다.

기타 교실에서 가끔 회식도 한다. 회식하는 어느 날 차편이 마땅치 않아 친하지 않은 사람의 차를 타고 회식을 하러 갔다. 그런데 회식을 하고 집에다 내려달라고 부탁을 했는데 흔쾌히 들어주었다. 나중에 알고 보니 자기 집이 먼 곳에 있었다. 이곳 사람들은 이렇게 다 좋은 사람들이다. 이제 5년 차라 모두 사람들끼리 친근하게 지낸다. 나는 많은 친구를 얻은 것 같다.

기타는 치는 방법이 많으나, 아르페지오와 스트로크 두 종류로 구분된다. 아르페지오는 줄을 코드에 맞춰 손가락을 꽉 누르고 줄을 리듬에 맞춰 튕기는 것이다. 이렇게 줄을 누르다 보니 손에 굳은살이 박였다. 누구나 기타 치는 사람은 서로 손끝을 만져본다. 손끝에 굳은살이 많이 박힐수록 경력이 있는 것이다.

친구 남편도 다른 데서 기타를 치는데, 친구와 같이 만나게 되었다.

친구는 아무렇지도 않게 "기타를 많이 쳐서 굳은살이 많아." 하며 대신 말해 주는 것이 아닌가?

스트로크는 오른손 손톱이나 픽으로 치는 것이다. 픽으로 치면 좀 더 소리가 선명하게 나고 손톱으로 치면 좀 더 부드러운 소리가 난다. 나는 아르페지오와 스트로크를 번갈아 가며 친다. 나는 100명 정도 되는 데서 여러 번 공연을 했으나, 아직도 실력이 아쉽다. 책 한 권에 7장 정도 한 학기에 쳤으니 한 해에 많은 곡을 배우게 된다.

나는 손주들이 오면 기타를 못 친다. 자기들도 친다고 하다 줄을 끊어 놓았다. 줄 가는 것도 어렵다. 나무로 만든 동그란 조그만 막대기에 줄을 감아 박아 넣는다. 기타는 좋은 기타일수록 소리가 잘 난다. 부드럽고 잘 울리는 소리가 나는 것이다.

나는 기타를 배운지 5년 이상 되었는데도 기타를 놓을 수가 없다. 노래를 기타에 맞춰 소리를 내는 것이 매력이 있다. 한 10년 이상 치면 훌륭한 기타리스트가 되겠지?

내가 젊었을 때 기타를 배워서 82년~83년 남편 공부하러 미국 갔을 때도 년 말 모임에서 기타를 친 적이 있지만, 갈수록 재미있어지면서도 어려워지는 것이 기타 배우기의 묘미이다. 기타를 잘 쳐 보겠다고 나처럼 열심인 사람도 드물다. 하루에 5~6시간은 쳐야 잘 칠 수 있는데 나는 하루에 가끔 2~3시간 정도밖에 연습을 못 해 아쉽다.

윤형주, 송창식 등 유명 통기타 가수를 좋아하던 학창시절부터 통기타를 배웠으나, 아직도 기타를 아주 잘 치지는 못한다. 미국에서 고등학교 선배를 만나 기타 이야기도 하며 냉면을 만들어 먹던 시절이 기억난다. 기타 치며 성가대에서 노래도 하며 즐거웠던 그 시절이 생각난다.

2019. 3.

트윈폴리오

    나는 고등학교 1학년 때부터 기타를 배웠다. 지금도 이렇게 많은 나이에도 기타를 배우고 있다. 그저 웬만한 곡은 stroke로 칠 수 있으나, 변주곡 등 분산 화음의 연주는 조금 어렵다.

아주 잘 칠 수가 없다. 조금 연습하려고 기타를 내놓으면 손주가 친다고 하며 줄을 끊어놔 연습도 잘 못 하는 형편이다. 기타를 여럿이 모여 기타반에서 칠 때면 모든 것을 잊고 몰입하게 되어 새로운 세계를 맛볼 수 있어 좋다. 이 맛에 나는 기타를 좋아하나 보다.

내가 고등학교 때 윤형주, 송창식 이렇게 두 명이 트윈폴리오라는 이름으로 등단하게 된다. 나는 트윈폴리오 팬으로 팬클럽에 들어 연주가 있을 때마다 가서 친구들과 음악을 듣곤 했다. 그때는 처음이라 그런지 사람들도 없었고 조그만 방에서 열댓 명이 구경하고 있었다. 나는 맨 앞에 앉아 넋을 놓고 두 명이 치고 있는 기타와 음악 소리를 듣고 있었다. 송창식도 좋아하지만 그중에 윤형주를 제일 마음에 두고 좋아하여 윤형주가 치고 있는 기타 소리와 높은 음의 가느다란 여성스러운 목소리를 좋아하였다. 내가 윤형주를 좋아해서 그런지 지금 남편도 윤형주를 닮았다는 소리를 많이 한다. 내가 좋아하는 남자 스타일인 것 같다.

그때, 여름 해변 축제가 있었다. 트윈폴리오가 나온다는 소리를 듣고 친구 여러 명과 함께 해변가를 찾았다. 여름의 풋풋한 향기와 함께 연주는 진행되고 있었다. 와, 와~! 소리를 지르며 곡이 끝날 때마다 박수를 쳤다. 신나는 곡이 나오면 친구들과 함께 춤도 추면서 좋아하였다.

축제가 끝나고 트윈폴리오팀이 지나가면 수영복만 입은 채 창피한 줄도 모르고 각기 자기가 좋아하는 가수를 외치며 불러 댔다. 고1 때 공부들은 안 하고 그렇게 가수를 쫓아다니며 즐기던 때가 엊그제 같은데 벌써 나이가 육십을 넘었으니 참 세월이 빠르다 하는 것을 느낄 수가 있었다. 요즘에는 세시봉이라는 이름으로 미국에서 이장희도 나와서 전국을 순회하며 노래를 부르는 것 같다. 이제 그 좋아하는 열기가 식었는지 세시봉 연주하는 것은 한 번도 안가 봤다. 어느 날 교회에 윤형주가 간증을 온다는 말에 딸이 운전을 하고 교회로 향했다. 철야 예배 때였다. 나는 교회와 집이 멀어 매일 누가 운전을 대신해 다니는 형편이었다. 겨우 교회 문을 들어섰을 때는 윤형주가 이미 뒤에 와 앉아 있었다. 나는 딸과 윤형주 뒤에 앉았는데 여기저기서 사인을 해달라는 부탁이 들어왔다. 성경책에 사인해달라고 주는 권사님,

핸드폰 케이스에 사인해 달라는 집사들, 여러 명이 사인해 달라 해 나까지 종이에다 사인을 받았다. 그 후로 모든 성도들에게 사인회가 있었고, 찬송곡을 CD로 만들어 나눠주었다. 나는 이 CD를 3장이나 갖고 있어 아침이면 틀어 놓고 집안일을 시작한다. '저 장미꽃 위에 이슬~, 아직 맺혀있는 그때에~.' 이 곡을 제일 좋아한다. 장미를 좋아해서 그런가? 사진도 같이 찍었다. 우리 딸이 윤형주에게 하는 말, "우리 엄마는 윤형주 씨를 예전부터 좋아했어요." 나 대신 똑 부러지는 말을 해 주었다. 윤형주가 나를 힐끗 쳐다보았다. 좋아하는 사람이 한 번이라도 쳐다봐주면 좋은가 보다. 나는 힘껏 웃어 주었다. 중 고등학교 때 공부하면서 윤형주가 진행하는 『별이 빛나는 밤에』를 들으며 시험을 치르곤 하였다. 그 프로그램을 안 들으면 공부가 잘 안 될 정도였다. 윤형주 씨의 여러 가지 잘못된 일 때문에 안 좋게 되고 거기서 하나님을 만난 일 등 여러 이야기를 했다. 나는 교회에 앉아서 속으로 '나 몰라요? 그때 한참 쫓아 다니던 학생이었는데.' 그때 윤형주가 하는 말이 "나만 늙었습니까? 여러분도 많이 늙으셨지요?" 한다. 그래 맞다. 고등학교 때는 한참 청춘이었는데~. 윤형주는 천 곡이 넘게 CM송을 지었다 한다. 나는 윤동주 시인도 무척 좋아한다. 그의 시에서 특이한 외로움과 나라에 대한 애국심이 시에 절절하다. 은유 시를 많이 썼던 시인 윤동주. 영화도 나올 정도였다. 사실 윤형주를 좋아하게 된 원인은 교과서에 나온 윤동주의 시 때문에 더 좋아하게 된 것 같다. 어느 음악회 갔을 때 윤형주가 앞에 나와 윤동주 시인의 시를 읊으며 사이비 정치인을 농담 삼아 비판한 적이 있다. 윤형주는 식구들이 사위 며느리 할 것 없이 다 성악이나 피아노를 연주하는 음악가들이다. 그래서 유명한 오페라하우스에서 식구들이 모두 연주회를 연 적이 있었다 한다. 지금도 세시봉 멤버들이 가끔 TV에 나와 연주를 하는 것을 들으면 고등학교 사춘기 때 그 시절이 그립다. 내가 가수를 좋아했다는 사실을 말하지 않을 수가 없어서 이렇게 써놓고 보니 누가 홍보하는 것 같다. 그까짓 윤형주가 뭐 대단하다고 글까지 써 올리면서 좋아한다는 거야? 하지만 나는 사춘기 시절 좋아했던 윤형주, 지금도 좋아한다는 것은 사실 임에 틀림없다.

2018. 2.

 **핸드폰**

✎ 핸드폰이 나온 지 꽤 되지 않았을까? 기계 문명의 새로움을 느낀다. TV나 라디오에 주파수를 맞추면 화면이나 소리가 나오는 게 신기하다. "내 핸드폰 어디 갔어?" 정신이 없는 나는 시시때때로 핸드폰을 찾는다. 어떨 때는 핸드폰을 들고 뉴스도 보고 심심한 날은 몇 시간씩 핸드폰을 들여다보고 있다. 나뿐만 아니라 지하철을 타면 모두 핸드폰을 보느라 내리는 정거장도 잊어버리고 보는 사람도 있다. 핸드폰 볼 때는 시간 가는 줄 모른다. 흔들거리는 차 안에서 누군가에게 소식 전할 때는 겨우 글자를 만들어 낸다. 친구에게 문자가 올 때는 반갑기 그지없다. 사진도 찍는다. 찰칵 찰칵 식구들 생일잔치 때나 친구들이 모였을 때는 사진을 찍어 여기 저기 보낸다. 내 독사진도 찍는다. 찍어서 보면 볼 때마다 새롭다.

어느 날 택시에다 핸드폰을 두고 내렸다. 마침 핸드폰이 켜져 있어 남편의 전화번호가 입력이 되어 있는 것을 보았나 보다. 핸드폰에는 아빠라고 입력되어 있었다. 전화가 와 남편과 같이 기사를 찾아가 겨우 찾은 적이 있다. 기뻤다. 핸드폰 없으면 허전하다. 이게 핸드폰 중독인가 보다.

 아는 사람이 삼백 명 정도, 그전에 알던 사람 지금 어디 있는지도 모르는 사람 전화번호도 적혀 있다. 다시 연락이 올 것 같아 번호를 안 지우고 있는 것이다. 한 번은 친한 친군데 어느 날 전화를 해봤더니 집 전화가 바뀌었다. 정초에 내가 주소도 알아봐 "얼마 있다 너희 집에 놀러 갈게." 하고 약속을 했는데 통 소식이 없다. 그 친구가 연락이 끊기니 보고 싶다. 내가 바쁘다 보니 친구 집 가 볼 여유가 없었다. 친구는 내가 찾아 오길 기다리고 있는 모양이다.

 요즘에는 핸드폰에 영상이 나와 상대방 얼굴도 볼 수 있다. 손자 손녀 얼굴도 볼 수 있고 재롱 피우는 모습도 볼 수 있다. '미디어의 세계가 이렇게 신기하구나.' 하는 생각이 든다.

 어떤 사람은 길 갈 때도 핸드폰을 보다가 서로 심하게 부딪혀 싸우기도 한다. 요즘에는 귀에다 이어폰만 꼽고 대화를 한다. 큰 발전이다. 날이 갈수록 발전하는 기계문명 신기하다. 그전에는 삐삐라고 그걸 갖고 다녀 전화한 사람의 번호가 뜨면 거기다 전화를 하곤 했다.

 전철을 타면 거의 모든 사람이 핸드폰을 하고 있어 누가 내려야 내가 앉을 텐데 내릴 사람을 가름할 수가 없다. 앉으면 옆에 사람 핸드폰을 보는 것도 재미있다.

하루는 전화가 왔는데 전화기 화면에서 "받아서는 안 될 전화입니다." 라고 알려주었다. 핸드폰이 좋기는 하나 사색할 시간과 마음의 여유를 빼앗아 편하긴 편하지만, 없던 시절보다는 별로 좋은 것 같지 않다.

"친구여, 빨리 전화하렴. 네 주소도 잊어버렸어. 친정어머니가 많이 아프시다더니 별일은 없니?"

2019. 11.

 동네 친구

    ✍ 어렸을 적 초등학교 1~2학년 때의 일이다. 근처에 내 또래의 친구네 집이 있었는데 집이 무척 크고 좋은 갑부집이었다. 나는 학교 갔다 오면 그 집 가서 노는 게 재미있었다. 점심도 김치볶음밥을 해 주는데 어떻게 만들었는지 그렇게 맛있을 수가 없었다. 그 김치볶음밥 먹으러 가는데 재미가 붙었다. 일요일만 되면 그 집에 드나들면서 놀았다. 그 집은 어린 나에게 얼마나 큰지 어디가 어딘지 잘 모를 지경이었다. 집에 커다란 수영장도 있었고, 안방 서재가 우리 집의 반이나 될 커다란 집이었다. 나는 언제 김치볶음밥을 주나 기다렸고 그것을 눈치챈 일하는 언니가,

  "화영아, 너 너무 말랐다. 엄마한테 맛있는 것을 해 달래라." 그 후로 창피해 그 집을 드문드문 가게 되었다. 그 집에 수영장이 있는데 깊어 위에서 발만 담그고 놀았다. 창고도 있었는데 창고에는 나무 잘라 논 것이 수두룩했고 갖가지 물건이 많았다.

  어느 날 술래잡기를 했다. 그곳에 숨어 있다가 잠이 들어 버렸다. 그

집 쌍둥이 친구 들이 나를 찾으려다 못 찾아 저녁이 되고 말았다. 나는 일어나 보니 밖이 컴컴하고 "여기가 어디야!" 하며 놀란 적이 있다. 그 집에서 그네도 타고 잘 논 적이 있다. 그 집 친구들은 나와 나이가 같은 여자 쌍둥이였다. 내 생각에는 애들이 착해 나와 놀아주지 않았나 싶다.

그 집 앞집은 꽃으로 둘러 쌓여 있어 아름다운 정원이 있는 집이었다. 친구 또래와 같이 놀았던 그 집 애는 내가 집에 간다고 하면 집에 못 가게 하여 대문을 막고 서서 "못 가, 못 가." 하며 나를 당황하게 하곤 했다.

우리 동네에는 고만고만한 친구들이 있어 눈이 오면 비닐 우산에 달린 대나무를 잘라 앞부분을 불에 구워 구부러뜨려 스키같이 만들어 눈 온 비탈길에서 타는 맛은 참으로 재미있었다. 서로 '누가 잘 만들었나?'를 비교해보기도 했다.

동네 어른들이 가끔 천 원짜리 화투를 쳤다. 시집 안 간 이모도 동네에 살았는데 나는 늘 이모 편을 들었다. "이모가 따면 개평 줄게." 하며 이모 편을 들어 달라 했다. 나는 슬쩍 옆에 사람 것을 보며 지시해 주기도 했다. 연탄으로 난방을 한 방이라 뜨거워 겨울엔 얼음 수정과를 떠다 마시곤 했다. 대학교 때는 이런 친구도 있었다. 대학교 학기 시험을 볼 땐데 미술실기 렌더링이 미흡해 동네친구에게 가르쳐 달라 했더니 가르쳐 주지는 않고 우리 부모님 식사 때면 찾아와 식사를 늘 같이 하며 맛있는 것만을 쏙쏙 뽑아 먹었다. 나는 부모 눈치 보느라 식은땀을 흘렸다.

부모님이 눈살을 찌푸리며 싫어하셨다. 한 달을 그러더니 월급을 달라는 거였다. 세상에 별사람 다 있다 싶었다. 그것도 나보다 선배 가~.

2020. 7.

미술관 구경

🖎 미술관에 친구들하고 구경을 갔었다. 코로나바이러스 때문에 조금 두려웠다. 얼굴에 검은 마스크를 하고 행여나 병균이 걸릴세라 여러 가지로 힘들었다. 버스를 타고 친구와 이 얘기 저 얘기를 하며 오니 생각보다 빨리 도착했다. 그림을 보니 모두 유명한 사람의 특징 있는 그림이었다.

그중에 『가족과 비둘기』라는 이중섭의 그림이 눈에 들어왔다. 가족들이 여러 형태로 갈망하는 느낌의 그림이 사람들이 흩어져서 손을 내밀고 있었고, 평화의 상징인 비둘기가 흩어져서 가족들 사이에서 날갯짓을 하고 있었다. 흰 소, 황소 등 소도 많이 그렸다.

은박지에다 아이들, 물고기를 안고 그렸던 이중섭은 그 그림을 봐서도 고독함이 느껴진다. 이중섭이 가족들과 함께 행복을 느끼며 살았으면 하는 의도에서 그린 그림인 것 같다. 내가 아는 바로는 이중섭이 일본에 부인과 아이들을 두고 와 애절하게 부인을 그리며 편지를 쓰며 그리워하다가 사십 세에 요절한 불운한 화가이다. 죽은 후 상도 받았지만, 죽은 후 상을 받으면 무엇하랴? 일본에 있는 아내에게 찾아가고 싶었지만, 아마 상황이 갈 수 없던 것 같다. "이 그림 좋지?" 하니 친구가 좋다 한다. 어떤 그림인데 안 좋겠니? 나는 쓴웃음을 지었다.

우리나라 화가든 외국 화가든 대체로 어렵게 살다간 화가가 많다. 죽은 후에 빛을 본 화가들도 많다. 살았을 때는 인정받는 화가도 많으나, 살아서 인정 못 받고 죽어서 인정을 받는 이유는 무엇일까? 살았을 때 유명한 화가를 많이 찾는 것도 중요한 일인 것 같다.

화가들은 개성이 분명하고 자기 세계가 확고하다.
이중섭은 아이들이 몰려 이리저리 노는 그림들이 많다. 자신의 자녀들을 생각하며 그린 것 같다. 얼마나 자녀들이 그리웠을까?
이중섭이 살다간 제주도의 집을 가 보았더니 조그만 방 한 칸에 부엌과 외양간이 있었다.

거기서 혼자 그림을 그렸던 것을 생각하니 마음이 애잔했다. 전시회에는 유명한 사람의 그림이 다 있었다. 천경자의 그림이 특이했다. 담배를 피우는 여자의 가는 손이 살아온 날들을 얘기해 주는 것 같았다.

미술관 앞에서 사진을 찍고 칼국수 집으로 향했다 "김치도 맛있고 칼국수도 맛있지?" 라고 떠들며 먹었다.
가끔 그림, 연주회, 연극, 등을 구경하면 마음이 정화되고 즐거워진다.
그림을 구경하고 무언가 나에게 남아있는 환영들이 내 앞을 스친다.

집으로 돌아오니 천경자의 그림이 눈에 아른거렸다. 그의 그림은 상상을 초월하는 그림으로 여자의 특이한 얼굴에 검은 음영을 넣어 머리에 여러 가지 꽃을 담아 특이한 여자상을 자아냈다. 그의 그림은 근대화의 그림으로서 보통 사람하고는 다른 특이한 그림을 표현함으로써 다른 사람들에게 독특한 느낌을 들게 하는 그림이다. 테레사 수녀, 내 슬픈 전설, 길례 언니, 젖 먹이는 어머니 등 여러 그림을 남기었다.

남편과 결혼하여 2남 2녀 등 여러 자녀를 낳았으며, 이런 일로 보아 인생을 열심히 살려고 노력한 사람이다. 그는 홍익대 교수로서 직업을 가졌으며 도쿄 여자 미술 전문학교를 수료했다. 세계를 안 가본 데 없이 다니며 그림을 그렸으며 원숭이 등 동물도 그렸다.

동양화과 교수를 한 것으로 보아 주로 한지에 채색하여 그림을 그린 것 같다.

젖 먹이는 어머니는 푸근한 모녀 상을 보여주었으며 그런 그림이 다 그의 생각에서 나왔으므로 그는 화가로서 뿐만 아니라 훌륭한 어머니로서도 한몫했다.

이중섭과 천경자를 주로 쓴 것은 그들이 근대회화사에 큰 영향을 미쳤고 근대에 그럴만한 인물이 드물다는데 있다.

그림을 그리려면 풍부한 상상력과 자기만의 독특한 세계가 있어야 한다.

어느 미술전에 갔더니 유화를 큰 화폭에 바닷가의 그림을 멋지게 담아 해변가에 돛단배 등이 늘어져 있는 것이 무척 마음에 들었다. 사실 살아 있는 사람 중에도 좋은 그림이 많다.

2020. 9.

 쇼핑몰

　　✍ 동네에 아주 큰 쇼핑몰이 생겼다. 5층까지 있는 건물인데 5층에는 영화관이 있을 정도로 큰 쇼핑몰이다. 어제는 크리스마스라 아들딸네랑 쇼핑몰에 있는 뷔페 집에 왔다.

　모두 500명쯤 받아 나중에는 음식이 모자랄 정도였다. 맛있게 잘하는 뷔페 집이다.

　손녀가 뷔페를 좋아하여 들떠 있었다. 학습지 공부도 일찍 끝내고 식구들을 만나러 쇼핑몰에 왔다. 손녀딸은 초등학교 2학년으로 말을 잘하고 재미있는 아이다. 우리는 미리 가서 한 시간을 기다려 시간을 맞춰서 뷔페 집으로 들어갔다. 매콤한 비빔국수, 치즈로 만든 와플, 탕수육 등 맛있는 게 많았다. 손자는 메밀국수 국물을 다 쏟아 옷이 엉망이 되었다. 사람은 많으나, 그런대로 좋았다.

식사 후 아이들 선물을 사러 갔다.
손녀딸에겐 모자 앞에 진주가 30개쯤 달린 방울 모자와 토끼털 목도리, 손자는 골덴 바지와 티셔츠 등을 사줬다. 모두 팔짝팔짝 뛰며 좋아했다. 이런 맛에 '손주들이 이쁘다'고 하는구나 생각이 들었다.

이곳에는 커피를 안 사 먹어도 되는 휴식장소가 있어 거기서 친구를 만나 친구는 그림을 그리고 나는 글을 쓴다. 이곳은 일찍 자리를 마련해야 자리를 차지할 수 있다.

음료수는 갖고 오고 커피도 타갖고 온다. 가끔 쇼핑을 하니 재미도 있다. 가격은 저렴한 가격으로 팔아 돈도 많이 안 든다. 그림 그리는 친구는 슈퍼에 가서 길고 큰 강냉이를 사와 그림 그리며 글을 쓰며 집어 먹는다 "강냉이 맛있지?" "응." "흐흐." 우리는 즐겁게 한 시간쯤 떠들고 자기 할 일을 한다.

어느 날 커피숍에서 친구와 만나고 있는데 한 젊은 여자가 자기 남편과 함께 그림을 그리고 있는 것이 아닌가? "수채화를 그리고 계시네요. 저도 그림 그려요." 그리고 자리로 돌아왔다. 그녀는 가면서 내 핸드폰 번호를 물었다. 그래서 그림 그리는 여자와 알게 된 사이이다. 가끔 만나 그림과 글을 쓴다.

점심을 사 먹으면 시간이 너무 많이 가서 집에서 먹고 온다. 장소도 넓은 장소로, 산으로 둘러싸여 있어 바깥을 내다보면 속이 시원한 게 기분이 한결 상쾌하다.

우리집 근처에는 조금 멀리 백화점이 큰 게 있는데 잘 안 가게 된다.

물건값도 비싸고 너무 넓어 한 바퀴 돌고 나면 다리가 아프다 못해 저린다. 그런데 집에서 10분 거리에 쇼핑몰이 들어선 게 아닌가?

나는 어느 날 목욕할 때 물에 풀어쓰는 입욕제를 샀다. 이것으로 기분 좋게 써야겠구나 생각하고 샀는데 며칠 후 동생이 장 봐놨으니 형부랑 밥 먹으러 오란다. 나는 가져갈 게 없어 쇼핑몰에서 제법 비싼 샤워 거품제를 가지고 갔다. 네 종류가 들어 있는데 카보마일, 자스민, 스피아민트, 레몬밤 등 종류별로 꽃잎을 갈아 만든 것으로 종류마다 냄새가 다르고 향긋하다. 동생은 무척 좋아했다.

저녁을 맛있게 먹고 TV를 보다 잠이 들었나 보다. 동생이 깨우는 바람에 단잠에서 깨어났다.

여자 동생은 나보다 10살 아래로 남편과 외국에서 열심히 공부하여 우리나라에서 이름 있는 대학에 스포츠마케팅 교수가 된 행운아다.

2020. 12.

강가에서(53.0*45.5 10F)

 편지

✎ 가끔 남편에게 편지를 쓴다. 말로 하기 불편할 때 편지를 쓴다.

"여보! 그때 한 말이 정말이었소? 마음이 무척 아픕니다. 왜 나에게 그런 말을 하오? 다시는 그런 말 하지 마세요!" 무슨 말이냐 하면 내가 집안일을 하기 싫어서 남편한테 미룬다는 별것 아닌 내용이었다. 그 말은 사실이었다. 사실이니 직접 말을 하면 싸움이 일어날 것 같아 편지로 쓴다. 어느 날은 시를 써서 남편에게 띄우기도 한다.

"여보 봄이 다가오고 있군요. 복사꽃도 피고 개나리 분홍 철쭉도 피고 많은 꽃이 나를 반겨 줍니다. 비록 내 마음은 초라해도 꽃들만 보면 나는 반갑소. 당신에게 이 기쁨을 전하고 싶소. 나를 안아주오. 꽃들이 피면서 내 마음을 안듯이 꽃잎 하나하나에 당신을 향한 그리움이 묻어 있듯이~, 나의 그리움을 당신과 함께 손잡고 달려보고 싶소. 여보! 불타는 그리움을 어찌하오. 나의 마음을 받아 주오. 뿌리 깊숙이 내린 저 소나무들도 우리를 바라보고 기쁜 노래를 부르고 있네요."

"사철 푸른 철쭉나무도 우리에게 축복하고 있소. '사철 뜨겁게 기뻐하라.' 나는 언제나 미흡하오, 당신 보기에."

'당신은 날 위해 무엇을 도와주고 싶소?'

"어딜 떠나시려 하오? 돌아오는 길에 예쁜 반지 하나 사 오시구려 늘 항상 그리운 그대여!

나를 위해 기쁨의 노래 한 곡 불러주오."

나는 남편으로부터 가슴 아픈 말만 조금 들어도 가슴이 저릿저릿해 온다. 내 마음이 약해서 일까? 그리움이 너무 커서일까?

여보! 이제는 서로 말조심하고 서로 껴안읍시다. 서로 다툼할 때도 많지요?

"아! 사랑하는 당신이여, 나의 손을 잡아 주세요."

'차디찬 대지 위에 찬바람이 불어서 차디찬 손을 감추이게, 그대여!'

'당신에게 편지를 쓰는 중이에요.'

'축복받은 인생 축복의 길을 따라 즐겁게 영원히 가요. 얼마 남지 않은 생 두 손 잡고 웃어 봐요'. 우리는 집에서 둘이 있을 때가 많아요. 말도 없이~.

'갑시다~ 낙원의 길로 기쁨의 길로 즐거움의 길로~'

이 글을 읽고 서로가 달라지면 좋겠어요.

당신이 경처가라 하면서 눈치 보는 것 잘 알아요~. 사랑과 엇갈림 속에서 가끔 속앓이를 합니다.

지금 생각해 보니 편안하게 즐거웠던 일이 더 많았던 것 같아요. "기분 나쁜 생각은 그만하고 즐거웠던 생각만 합시다. 인생이 뭐 별거 있습니까?"

"일장춘몽이라 하지 않습니까?" 나는 지금도 꿈을 꾸고 있는 것 같아요. 지금은 늙어가 주름이 생기고 고생도 많았지만~.

"여보! 자 이제 웃어봐요. 기쁜 인생의 통로로 걸어갑시다."

2020. 7.

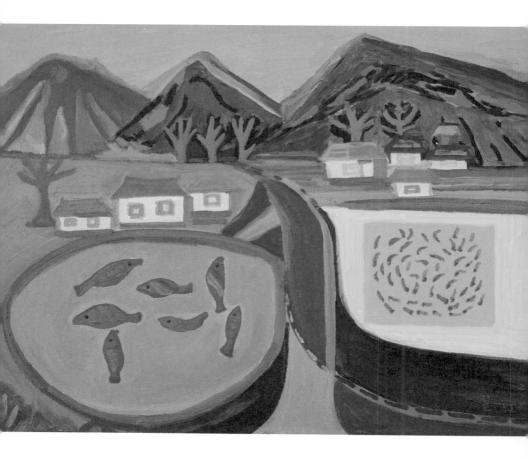

풍경(60.6✳45.5 12P)

 **풍경**

    🖊 강원도 인제수산리에 남편 친구가 살아 일
년에 두 번 정도 놀러 간다. 나는 그쪽 경치만 보면 마음이 가라앉고
아픈 머리가 낫는다. 그 친구 집에 들어가는 길은 길어 강물을 끼고
돌고 삼십 분쯤 가면 입구가 나온다. 소양강 길이라고 한다. 노래에도
나오고 내가 봐도 풍요로운 그 길이 소양강 길이었단 말인가? 우리나
라에도 이렇게 아름다운 길이 있다니 흐뭇한 마음이 든다. 강물은 어
느새 나에게로 다가와 시원한 생명수로 내 마음을 적신다. 그 강가에
나무가 비추어 한 폭의 그림을 그리어 낸다. "아이 졸려." 운전하던 남
편은 졸립다고 한다. 나는 "여보! 저 경치 좀 봐요, 얼마나 아름다운가
를." 남편의 잠을 깨웠다. 멋진 풍경은 잠을 잘 만큼 평온하다. 소양강
길로 돌아서면 수산리 길로 들어선다.

    수산리에서 어느 날 눈이 많이 온 날인가 보다. 살살 차를 몰았지
만, 아차 하는 순간에 차가 핑 돌았다. 옆이 절벽이었으나, 다행히 차
가 한 바퀴 돌고 제자리로 왔다. 수산리로 가는 풍경은 얼마나 좋은

지 산이 하늘 꼭대기까지 높고 넓은 산이 병풍을 두른 듯 아름다운 수를 놓아 펼쳐져 있고, 겨울은 겨울대로 눈 산이고, 봄은 봄대로 따뜻한 햇살이 펼쳐지면서 온유한 산을 드러낸다. 나무가 없는 산은 푸른 보라색에 뾰족뾰족한 산 갈색과 푸른 나무들이 보이는 겨울 산, 여름에 올라가기는 덥지만 녹색 푸른 나무가 우거진 산 풍경과 강물 풍경은 너무나도 내 마음을 시원하게 하고 어머니의 가슴같이 푸근함을 준다. 이 풍경에 안기고 피곤을 풀고 깊은 겨울잠을 자고 싶다.

"여보, 저기 좀 봐요~." 나는 넓게 펼쳐진 강물을 보고 소리쳤다. 남편은 "그래 멋진 풍경인데~, 저 안에는 오만가지 물고기가 살고 있겠어요." 지금은 봄이라 잔잔하지만, 놀랍도록 평온한 강물은 짙은 푸른 색깔에 모든 것을 삼키고 들어갈 그런 강물이었다. 산에 오르자면 돌 틈 사이로 피어있는 들국화들.

드디어 수산리에 도착하니 매화꽃이 만발하여 우리를 반기고 있다. 매화나무가 이백 그루 정도에 하얗게 피어있는 매화꽃, "어머, 저기 매화 꽃 좀 봐! 올해는 매실이 많이 열리겠어요!"
"매실이 열리면 우리도 매실청을 담가 먹을 수 있겠죠?"
"그래, 이번 매실은 꽃도 많이 피고 많이 열리겠는데?"

주인이 안에서 나오면서 반가이 맞는다. "어이, 잘 지냈나?"

우리는 오랫동안 안 만났던 터라 안주인과도 반가이 인사를 한다. 문을 활짝 열어놓으니 사방에 높고 넓은 산이 펼쳐져 있다. 봄 냄새가 아른하게 피어있다. 아지랑이도 줄을 섰다. 우리는 문을 열어놓고 경치를 즐기며 봄나물과 직접 쑥을 뜯어서 만든 쑥떡을 즐기며 점심을 먹는다. 수산리는 산골 중의 산골이다.

"오느라고 힘들었지?"

친구인 주인아저씨가 다정히 말을 해주며 봄나물과 봄김치로 우리를 대접한다. "여기를 오면~ 항상 마음이 편안해." 우리들의 대화는 자연을 벗 삼아 계속 이어진다.

2020. 4.

 **학창시절**

그전에는 학교 다닐 때 버스를 타고 다녔다. 버스편이 많지 않아서 30분은 기다려야 버스가 왔다. 사람들이 많아 출근길에는 버스 차장이 사람들을 꾹꾹 눌러 겨우 매달려 타고 갔다. 안으로 안으로 사람을 밀어 넣었다. "아이구 사람 죽겠다!" 할아버지가 버스를 타고 외치는 소리였다. 나는 아무 소리 없이 안으로 안으로 자꾸 밀려 들어갔다.

가방을 들어 주는 것은 예의였다. 혼란스러운 버스 안은 말이 아니었다. 목이 비틀어져 한쪽으로 머리가 돌아가 있는 사람. 허리를 구부정히 하고서 허리를 못 펴는 젊은이. 입을 "아!" 하고 벌리고 있는 사람. 버스 안은 요지경이었다.

그러던 어느 날. 책가방 옆에 꽂아 놓은 필통이 없어졌다. 연필도 새로 깎아서 꽂아놓고 내가 좋아하는 볼펜 등 가지런히 정리된 필통이었다. 겉은 하늘색 가죽으로 사슴 모양이 조각된 멋진 필통이었다.

아버지가 공부 잘 하라고 사다 주신 필통이었다. 그날 어떤 아저씨가 들어주었는데 그런 필통을 가져갈 사람은 아니었다.

분통이 터져 친구를 볼 때마다 "내 필통을 버스에서 어떤 사람이 가져갔지 뭐니." 하며 떠들고 다녔다. 그다음부터는 필통을 가운데다 꽂아 놓았다.

고등학교 때 친구 5명이 길을 지나가는 데 남학생 5명이 우리 뒷모습을 보고 "너희들 누굴 찍을래?" 하며 장난을 걸어 왔다. 나는 두 번째, 나는 세 번째, 우리는 키득 키득 웃으며 지난 적이 있다.

그땐 남학생이랑 클럽을 해서 선생님께 야단을 맞은 적이 있다. 영어 클럽이었는데 선생님들의 경고로 그만두었다.

친구들이랑 학교 끝나고 도시락을 두 개씩 싸와 나물에 계란말이에 고추장을 섞어 도시락을 닫고 흔들어 먹던 기억이 난다. 나무 우거진 데서 먹었다. 그때 담임 선생님이 나타나 너희들 여기서 무엇 하니? 우리는 신나서 "선생님, 사진 같이 찍어요."라고 했다. 그때 찍은 사진이 아직도 있다.

그때 학교에 수영장이 있어 수영은 필수였다. 나는 수영을 배우러 종로 2가에 있는 YMCA에 저녁 먹고 집과 가까워 걸어서 다녔다. 그때 수영장에서 나던 락스 냄새가 얼마나 좋았던지~.

그때 친구를 만나 재미있게 놀던 기억이 난다. 수영하고 밤이라 두꺼운 코트를 입고 털실로 짠 목도리를 두르고 완전 무장을 하고 다녔다. 오다가 꼼장어집도 들러 오뎅 국물로 맛있게 배를 채우고 돌아왔다. 그때의 꼼장어 맛은 지금과 달리 더 맛있던 것 같다.

추운 겨울에는 기름을 아끼느라고 불을 안 때 모두 연탄방인 안방으로 이불을 갖고 와 아랫목에 발을 집어넣고 잤다. 이불 쟁투전을 벌이면서~. 그때 어머니의 하시는 일이 한 주에 한 번씩 이불 꿰매는 일이었다!

2020. 6.

 **행 복**

    🖋 나는 모든 게 풍요롭다고 생각한다. 돈은 많지 않아도 마음이 편하다. 자동차 문제만 해도 그렇다. 남들은 급 높은 차에다 외제차만 타고 다니는데 우리 집은 그렇지 못하다. 행복은 마음의 평화에서 오는 것 같다. 그저 세 끼 맛있게만 먹으면 그만이다. 그전에는 음식 만드는 게 취미였는데 요즈음은 그렇지 않지만, 그래도 잘 만들어 먹는다. 오늘은 뭐 먹고 싶다 하면 얼른 만들어 준다. 남편도 나에게 잘 만들어 주는 편이다.

    어렸을 때 파랑새란 책을 읽었다. '행복이란 멀리 있는 것이 아니라 가까이에 있는 것이다.'란 글을 읽었다. '그렇구나, 행복은 가까이 있구나.'라고 생각한 적이 있었다. 나는 집에 앉아 있을 때가 제일 편안하다. 내 집을 내 마음대로 꾸미고 행복을 느끼고, 애들은 시집 장가 다 보내고 남편과 둘이서 사니 편안한 모양이다.

    새벽에 일어나서 기도 하고 성경 읽고 나서 졸리면 진한 커피 한잔 마시고 운동을 시작한다. "하나, 둘, 셋, 넷." 몸을 움직이는 간단한 체조이다. 그리고 아침을 차려 먹는다.

많은 사람들이 아침에는 빵에 주스를 갈아 먹는데 우리는 된장국에 나물, 열무김치, 부침 등 토종 한국 음식을 먹는다. 외식은 두 주에 한 번, 남편이 친구들과 먹고 들어오는 날이 많기에 가끔 외식을 한다.

얼마 전에 친구들을 만나러 나갔다 왔다. 코로나 때문이었는지 몹시 피곤해서 낮잠을 자고 있는데 손주 녀석이 그만 자라고 TV를 크게 틀어 놓고 일어나라 한다. 잠도 내 마음대로 못 자지만, 이것도 행복이다.

남편이 운동을 좋아해 야구의 류현진, 김광현 팬이다. 이길 때는 신이 나고 질 때는 기분이 안 좋다. 그것이 운동의 묘미인 것 같다. 테니스도 좋아해 경기장에 가서는 볼 수 없지만, 조코비치와 나달의 경기는 머리를 곤두세우고 본다. 조코비치 이겨라!

우리 집안은 식구들 누구나 생일잔치를 해 준다. 이때 모두 모인다. 생일 케이크을 사다 모두 생일 노래를 불러준다. "생일 축하합니다. 생일 축하합니다." 와~! 박수를 쳐준다. 촛불을 켤 때 이때가 재미있다. 식구들은 돈을 모아 컴퓨터도 사주었다. 이것도 행복이다. 사십 대는 애들 공부시키느라 힘들었지만, 오십 대~육십 대는 행복하다. 이 행복이 계속되기를 바란다. 나보다 보기에는 행복한 친구들도 더 많다.

손주들이 댓 명에다가 돈이 많아 차는 외제차, 하지만 다 행복하지는 않을 것이다.

언젠가 교회 목사님이 물으셨다. "광고할 때 '2프로 부족 할 때는 이 음료를 마셔라.'가 무슨 말이에요?"

나는 2프로 부족 할 때는 기타를 치며 노래를 부른다.

그리고, 여행 또한 즐거운 일이 아닌가?

나는 여행을 즐긴다. 이곳저곳을 가 보았으나, 호주의 퍼스를 권해 주고 싶다. 아열대 기후에 모두 시간이 나면 바닷가에 나와 썬텐을 한다. 지금까지 열심히 살아왔다고 생각한다. 외국에 가서 여행한다는 것은 특이한 즐거움을 갖다 준다.

그런 내가 뉴욕에 가서 전시회를 하게 됐다.

그림 그리는 모임에서 20명쯤 될까? 뉴욕에서 그룹전을 가졌다. 미국에 사는 조카들이 비행기를 타고 와 전시회를 구경했다. 못 본 지 30년이 넘은 대학 친구들도 구경을 와주어 반가왔다. 지금은 누가 간섭하지 않는 자유로움이 있다는 것~.

2020. 9.

나는 바보

    🖋 나보다 아래인 동생뻘 되는 애를 친구로 사귀었다. 그 애는 다정다감하나 가끔 마음을 상하는 말을 한다. 새 옷을 사면 사자마자 그 옷을 달라 하고 선글라스를 보면 "그거 나 줄래?" 하며 탐을 낸다. 나는 별명이 바보라 "안 돼!" 소리를 못 한다. 이런 친구도 있다. 나더러 스웨터가 없으니 스웨터를 좀 달라는 거였다.

  어떤 여자는 "언니, 가방 그거 나 줘." 하며 조른다. 그리고 사은품으로 받은 가방을 주면서 내 가방을 달라는 것이었다. 나는 "네 명품 가방이랑 바꿔." 하면 안 된다는 거였다. 결국은 가져가고 말았다.

  '5리를 가자고 하면 10리를 가주고, 겉옷을 달라 하면 속옷까지 벗어주라.' 하는 성경 말씀이 있다.

  '나는 그런 사람이 어딨어?'라고 생각했으나, 그런 사람이 많았다.

  어느 날, 내 팔찌를 친구에게서 비싸게 주고 샀다. 친구는 공예를 해서 무엇이든 잘 만든다. 나는 그 팔찌를 귀하게 여기는 거였다. 황금 색깔의 돌이 동그랗게 들어간 은에 박힌 특이한 거였다. 나는 다른 친구 만나는 날, 그걸 하고 가다가 '또 이걸 달라고 하면 어떻게 하지?' 하는 생각에 그 팔찌를 빼서 호주머니에 넣어버렸다.

친구를 만났다. 내가 팔찌를 넣어둔 걸 어떻게 알았는지, "그 팔찌나 줘요." 하는 거였다. 내가 차고 있지도 않은데 어떻게 알고 달라고하는 건지 나는 막 화를 냈다. '남이 귀하게 여기는 것을 왜 달라고해?' 그렇게 화낸 적은 내 기억에 별로 없는 것 같다. 그러자, 그녀는미안하다는 말을 하고 자리를 뜨고 가버렸다. 나는 내가 화낸 것이 미안해 전화를 몇 번 했다. 내가 마음에 들어 하는 친구였다. 그로부터1년에 몇 번씩 전화를 했다. 그러나 그 친구는 내 전화를 받지 않았다. 나는 어이가 없어 포기해 버렸다. 이럴 때 내가 용서를 해야 하는건지, 그 친구가 용서를 해야 하는 건지 그 전에도 그 친구와 성격이잘 안 맞아 한 번 다퉈서 1년간 얘기를 안 한 적이 있다. "그런 친구를무엇하러 사귀니?" 내 다른 친구의 말이다. 나보다 몇 살이나 더 먹은사람이 화낼 걸 화를 내야지. 별걸 갖고 다 화낸다고 생각하며, 마음이 약하고 여린 나는 그 사건으로 늘 신경이 쓰였다.

이제는 잊어버렸다. 용서한다는 것, 그것은 참 어려운 일이다. 어떤사람은 대범해서 그런 일이 많아도 신경을 안 쓴다. 나도 많이 대범해져 그전에는 신경 안 쓸 것까지 용서를 못 하고 신경을 썼는데 이제는나이가 들고 보니, 그러면 그런대로 안 보면 안 보는 대로 살아도 별신경 쓰이지 않고, 그런 일보다는 내 할 일이 태산 같은데 내 할 일이나 하고 친구도 잘 사귀어 좋은 친구만 만난다. 세상에는 별의별 사람들이 많고 성격이 제각기 다르기 때문에 될 수 있는 대로 친구와의 관계도 눈감아주는 게 좋을 것 같다.

내 별명이 바보 심청이다. 어머니 아버지 돌아가실 때 전심전력으로 간호해 드려 몸과 기운이 다 빠지고 빼짝 말랐다.

2020. 11.

 ## 나의 하루

    ✎ 사람들은 하루를 재미있고 의미 있게 지내며 생을 산다. 하루를 어떻게 사느냐에 따라서 인생의 진실된 맛을 느낄 수 있다. 하루를 길게 보내려면 새벽에 일어나 밤늦게 자는 것이다. 그러니까 잠을 덜 자는 것이다. 나이 든 사람들은 외출이 없을 때는 낮에 의자에 앉아 꾸벅꾸벅 졸며 낮잠을 잔다. 그리고는 밤에 잠이 안 온다고 일어나 우두커니 앉아 있거나 잠을 청하느라 애쓴다. 잠은 6시간을 자더라도 푹 자야 하루가 상쾌하다. 나이가 들수록 잠이 적어지는 이유는 무엇일까? 꿈을 많이 꾸는 이유도 푹 못 자서 그렇다 한다.

    "내 속엔 내가 너무도 많아 당신의 쉴 곳이 없고"라는 『가시나무 새』란 노래가 있다. '마음에 가시나무가 많아서 잠을 푹 못 자는 것은 아닐까?' 생각해 본다.

    나는 하루에 6시간 자는 게 버릇이 되어 버렸다. 나는 자다가 깰 때가 가끔 있다. 그러다 배가 고플 때는 고구마를 반 잘라 갖고 와 먹고 다시 잠을 청한다. 지금은 글을 쓰니까 낮에 이 책 저 책을 읽거나 글을 쓰기 시작한다.

'보람 있게 생을 보내자.'가 나의 인생의 모토가 되어 있다. '하루를 어떻게 잘 보낼까?'가 인생의 큰 모토다. 한주에 두 번은 친구들을 만나 차를 마시며 지냈던 일을 이야기한다. 맛있는 점심도 먹는다. 책을 좋아하는 친구는 "이번에 좋은 책이 뭐가 나왔더라?", "수필도 짧고 재미있어."라는 등 책 얘기를 한다. 나는 친구들에게 "리처드바크의 『갈매기의 꿈』을 감명 깊게 읽었어."라고 얘기해 주었다. "더 높이 나는 새가 더 멀리 본다."는 이야기가 나온다. 더 멋지고 행복한 삶을 살기 위해 평범함을 좋아하지 않은 『갈매기의 꿈』은 조나단 리빙스턴의 이야기이다. 그 책 이야기를 친구들과 나누었다. "얘, 그 책 감명 깊지 않니?"

골프 치는 사람들은 골프 얘기를 한다. 골프를 안 배운 게 아쉽다. 골프를 치면 사치스러운 듯하고 처음 골프 칠 때 갈비뼈에 금이 간다는 말에 안 배웠으나, 지금은 배웠더라면 좋을 뻔했다. 친구들과 골프 선수들 이야기도 하고. 그 전에 남편이 "당신도 골프채 사줄까?" 했을 때 괜히 싫다고 했다. 자기의 취미를 살려 이것저것 좋아하는 일은 좋은 것이다.

나는 책 읽을 때가 제일 즐겁다. 한국 산문만 읽어도 재미있다. 도서관에 가서 책을 읽기도 하고 빌리기도 한다. 내가 산 책은 중요한 부분은 줄을 그어 놓기도 한다. 요즈음 도서관에서 책을 빌릴 때 몇 권씩 올려놓고 카드만 대면 저절로 입력된다. 세상 좋아졌다. 좋은 글을 쓴다는 것은 어렵다. 아는 것이 많아야 좋은 글이 나온다.

  미술대학을 졸업한 나는 가끔 그림을 그린다. 조금 큰 그림을 그릴 때는 자유로워진다. 즐겁게 그림을 그릴 수 있다. 50호짜리를 그리는데 친구가 보더니 "너 힘 안 드니?" 한다. 쉬엄쉬엄 그리면 6개월도 걸리고 더 걸릴 때도 있다. 하루를 열심히 산다는 것 하루를 뜻깊게 산다는 것은 즐거운 일이다. 오늘도 나는 하루를 살았다.

2020. 11.

 얼굴

    ✎ 나는 내 얼굴을 잘 모르겠다. 거울을 들여다 보면 매번 내 얼굴이 바뀌어 있다. 천의 얼굴이라는 말이 있다. 그래서 시간 있으면 핸드폰으로 얼굴을 찍어본다. 그러면 얼굴이 다 다르다.

  성경에 "네 얼굴을 아무리 들여다봐도 네 얼굴을 모를 것이다."라는 하나님의 말씀이 있다. 정말 내 얼굴을 모르겠다.

  나는 어느 휴가 날에 여가를 즐기고 방을 잡아 안으로 들어갔더 니 방 안에 자개가 박힌 작은 옛날 경대가 있지 않은가? 자화상을 찍 어 놓았다. 자화상을 그려보려고~ 그때도 내 모습은 달랐다. 어떨 때 는 맘에 들 때도 있는데, 어떨 때는 주름이 여기저기 그어져 있어 보 기 싫다. 그러니 내 얼굴에 주름이 많다는 얘기다. 10년 전만 해도 내 얼굴이 이러지는 않았는데 10년이 지나면 강산도 변한다더니 "아이구, 이게 뭐야?" 누군가에게 사진을 보낼 때는 젊게 나온 얼굴을 보낸다. 남자들은 나에게 농담으로 '소녀 같아요.' 듣던 중 좋은 말이다. 어떤 여자는 늙었다고 노골적으로 이야기한다. 손자 손녀가 저렇게 큰데 할머니가 아닐 수 있겠는가? 나는 되도록이면 젊게 보이도록 여러모로 신경을 많이 쓴다.

개인전 때 남편의 얼굴과 내 자화상을 그려 걸어 놓았다. 그런데 친구가 와서 남편은 닮았는데 나는 안 닮았다고 한다. 그렇다, 나는 내 얼굴을 잘 모르겠다.

성격이 변화가 심해서 그런지~ 남편은 내 독사진을 자연과 함께 잘 찍어준다. 내가 좋아서 그렇단다, 호호. 기타 칠 때는 남편이 차로 데리러 올 때가 있다. 친구 왈. 얼굴이 예뻐서 데리러 온단다. '심상이 예뻐서 데리러 오겠지.' 내 생각에는 그렇다.

어릴 때부터 50년간 찍은 얼굴이 다 다르다. 재미있다. 항상 무표정한 얼굴로 찍었다. 나는 웃기는 깔깔거리며 잘 웃지마는 사진 찍기 전에는 무표정, 사진 찍을 때는 '웃어요.' 누구나 늘 그런다. 그게 나의 특징이다. 나는 그림을 그리는데 마음에 드는 자화상을 그려 본 적이 없다. 멋지게 한번 그려보고 싶다. 어떤 작가는 유화인데 여러 어두운 색을 두껍게 발라 자기 자신을 표현했는데 우울하게도 보이기도 하고 자신감 넘쳐 보이게 특징을 잘 살려 표현한 게 부러웠다.

남편은 나에게 잘 보이고 싶을 때는 "얼굴이 환하십니다." 하며 좋은 말을 해 준다.

얼굴은 세상 사람들 다 다르게 생겼다. 누가 잘나고 누가 못생긴 사람이 없다. 우리 집안은 딸들이 많지만 다 다르게 생겼다. 그런데 다른 사람이 보면 닮았다고들 한다. 같은 유전인자를 갖고 있기 때문일 것이다.

요즘에는 성형이 발달해서 외국에서는 70대인 여자를 30대로 만들어 놓고 미인 대회를 여는 것을 보았다. 정말로 사람들이 못하는 게 없다. 아까도 그랬듯이 사람들은 누구나 개성이 있어 잘생기고 못생긴 사람이 없다고 생각한다. 나태주 시인의 말처럼 "한참 보고 있으면 너도 이쁘다." 사람의 개성이 중요 하다고 생각한다. 외모는 안에서 나오는 성격이 그 사람을 결정하는 게 아닌가 싶다. 외모를 봐서는 사람을 잘 모르겠다.

하나님은 성경에 "외모를 보시지 않는다." 하셨다.

2020. 12.

모차르트와 함께

✍ 어느 친구가 "너 음악회 안 갈래?" 한다.

"음악회? 뭔데?"

"국립 교향악단에서 하는 합창 교향곡이야."

"그래? 언젠데?"

"한 달 뒤야."

"그래, 그 표 나 줘."

이따금씩 친구들이 주는 표로 음악회를 갈 때가 있다. 친구와 둘이서 갔다. 예술의 전당에서 하는 음악회였다. 나는 대학교 때도 클래식 음악 감상실에 잘 다녔다. 그때 들은 클래식들이 아직도 남아있어 지금도 집에서 클래식을 잘 듣는다. 집에는 LP판도 많지만, 내가 사다 놓은 CD도 많아 비가 오고 나 혼자 집에 있을 때는 클래식을 틀어 놓고 테이블에 앉아 커피를 마시며 음악 감상을 한다.

베토벤 곡 모음 100곡, 모차르트 곡 모음 100곡 CD를 어느 기회에 샀다. 베토벤 곡은 몸이 그런 상황이어서인지 대체로 곡이 명랑하지는 않다. 그래도 심금을 울리며 마음의 깊은 곳에서 무엇인가 울려오는 그런 음악을 많이 작곡하였다. 모차르트도 또한 마찬가지이다. 이런 천재들은 수명이 대체로 짧다. 어느 작곡가는 15~16세에 작곡을 많이 한 작곡가도 있다.

요즘에는 TV에 나오는 클래식 코너를 듣는다. 625번 채널을 틀면 갖은 작곡가들의 음악이 들려온다. 얼마나 음악에 천재적이면 100곡 이상씩 작곡을 할 수 있을까? 베토벤은 1770년 독일의 본에서 궁정 가수의 아들로 태어났다. 베토벤은 아버지로부터 피아노를 배워 10대 때 모차르트에게서 천재적인 피아니스트라는 말을 듣게 된다. 그 후로 귀가 안 들리기 시작하였다. 그래도 베토벤은 교향곡 제6번 전원 교향곡은 귀가 들릴 때 쓰고, 제9번 합창 교향곡은 귀가 먼 후에 쓴 곡이다. 이 곡들은 정말 멋진 교향곡이다. 합창 교향곡은 그저 그런 곡이려니 했으나, 예술의 전당에 가서 친구가 준 표로 곡을 들으니 웅장하고 빈틈없이 화음이 맞는 멋진 곡이었다. 이런 곡들은 귀가 먼 후에 쓴 곡이지만, 더욱 아름다운 곡들로 많은 사람의 박수를 받으며 끝이 났다. 음악 하는 사람들은 꼼꼼하며 성격이 서정적이다. 낭만파 초기의 사람들과 서정성이 비슷하다. 모차르트의 레퀴엠이 유명한데 이 곡은 모차르트가 작곡하던 중 사망하여 쥐스마이어가 곡을 완성했다는 말이 있다. 모차르트는 오페라 곡을 많이 쓴 걸로 알고 있다. 여러 형태의 실내악, 종교 음악 등을 작곡하였다.

미국에서의 일이다. 내가 1980년대 초에 남편 따라 공부하는 데 갔었다. 그곳에는 LP판이 없는 곡이 없을 정도로 많았다. 나는 내가 감상실에서 듣던 곡들을 싸게 많이 샀다. 주로 베토벤 곡이었다. 그곳에서 자신이 좋아하는 곡을 적어 보내면 판을 그냥 준다는 말에 나는 베토벤 곡을 아는 대로 적어 보냈으나, 판이 오지를 않았다. 왜 그랬는지 지금도 미지수다.

남편은 공부하고 나는 집에서 아기를 키우고 있었으니 집에서 하는 일이 뻔하다. 그래서 이웃집에 친구가 있어, 같이 시내에 자주 나갔다. 그 친구는 중학교 동창으로 우연히 같은 학교 아파트에 살게 되었다. 그 친구도 음악을 좋아하여 아이가 두 살 때라 그 친구와 같이 아기들을 유모차에 태워 음반 파는 상가에 많이 들렀다. 그러던 중에 인도 여자도 그 상가에 자주 들러 인도 여자도 사귀었다. 카페에 들러 도넛과 커피를 시켜 친구와 인도 여자와 음악에 대해서 자주 이야기를 나누었다.

그때가 지금으로부터 40년 전, 이렇게 세월이 흘러도 베토벤의 음악은 여전히 살아 있고, 모차르트의 곡도 여전히 나의 집에서 흘러나온다. 음악은 나의 마음을 힐링시켜 늘 음악가와 대화를 한다. 베토벤의 전원 교향곡, 합창 교향곡은 내 심금을 울리고 모차르트의 레퀴엠 곡은 미완성 곡이지만, 나는 미완성이라 생각하지 않고 들으니 심장이 두근두근해진다. 미국에 있을 때 우리집에 오는 사람들에게 클래식을 틀어주면 집에도 안 가고 술을 마시며 밤을 새우고 음악을

듣는 멋진 사람도 있었다. 내가 틀어주는 곡이 명곡이었음에 틀림이
없다.

2021. 3.

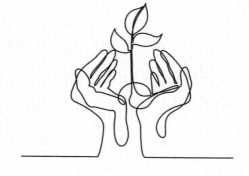

기 도

흩어진 바람 속에 고이 모은 두 손

하늘 향해 있는 이 연한 마음

하늘의 금빛 항아리에 금빛 향내

내려주소서

주님을 향한 마음 변함없도록

흔들리는 것은 마음속의 세상살이

하늘 향한 그리움이 변하여

남기운 속뼈의 아픔

주님을 향한 나의 모든 기도

응답게 하소서

주님의 기쁨으로 채워주소서

주님의 기쁨으로 채워주소서

노을

황혼의 시간이 숫자를 가리킨다.

6, 7, 8, 셋, 넷

타원인지 원형인지 모를 형태를 그려낼 때 깨어나

생활은 시작되고

또 밝음은 점점 빛을 토해내며

그것은 그대로 머무른 채

움직일 줄 몰랐다.

이때, 환희로 묶어진 숫자에

시간이란 이름의 천사가 찾아와 당황케 한다.

실로암의 맑은 물로 손을 씻고

일을 시작하는 조그만 나룻배는

임의 형상을 닮고파

시곗바늘을 돌려놓았다.

모든 그릇들이 형태를 이루고

시계 안에서 회전을 하며 인사를 나눈다.

안녕하세요.

심령의 거지들이 짐을 지고 올라갈 때

하얀 천사들의 눈망울이 응시하며

한껏 웃으며 손을 건넨다.

손을 꼭 붙드세요.

우리집 나무

거실 한 귀퉁이에 있는 벤자민은

아무 말이 없다

조용히 서 있으면서

말을 하고 싶어도

아무 말 없이 조용히 서 있다

조용한 그의 모습이 나의 친구가 되어오고

나는 어느새 침묵하고 있는 나무에게서

인생을 배운다

잔잔한 인생을 배운다

풍경화

빛의 시간이 지나가고

멀리서 해가 지면서

일하던 농부는 쟁기를 들며 집으로 향한다

어둑어둑 지저귀던 새들도 집을 찾고

낮잠을 자고 있던 벌레들은

목청을 가다듬어 노래를 시작한다

지워지지 않고 잊혀지지 않을

영원한 노래를 부르며

영광 받을 찬미를 부른다

집을 지키고 있던 아이들은

저녁을 알리는 종을 친다

기쁨의 종을 친다

하루의 시간이 지나고 있는 중에

경건히 고개 숙이며, 감사의 제단을 쌓는다

오늘도 하루의 막이 내린다고

일제히 기도를 올린다

아무것도 알 수 없는 벌레들의 합창만이

어두움을 가르고 울부짖고 있다

어둠 속에서 그치질 않을 찬미를 부리고 있다

하루살이

드리워진 커튼 사이로

비스듬히 보이는 바깥세상

안에서 손을 내밀며 악수를 청한다.

창문밖에는 가지런한 돌들의

점점이 이룬 향내가 밀려들어 오고

거칠게 몰아치는 파도와 같은 나의 마음은

평온하게 서 있는 산의 모습 속에서

또 하나의 나를 찾으려 노력한다.

복잡하게 머릿속을 채우는 여러 가지 생각들

가지런하게 늘어놓아 보지만

여전히 만신창이 되어 돌아오는 것은

나그네의 모습과 같다.

나의 안에서 함께 계시는 임이여!

나의 마음을 비우고 꿋꿋하게 서 있는

한 그루의 나무와 같이

생명과 손잡고 영원히 영원히

하늘을 벗 삼아 인생길을 걷게 하소서

차갑게 차갑게 울려 퍼지고

지친 내 몸은 어느새 평온하게

잠들고 있다.

감사 글

제가 이렇게 책을 낼 줄은 몰랐습니다.

정말 기쁩니다. 그동안 2년 동안 쓴 소소한 행복들. 내가 지내온 삶의 이야기입니다. 제가 그림을 전공하여 5년간 그린 그림과 함께 실었습니다. 읽는 분들이 재미있게 읽어 주시기를 바랍니다.

이 책을 내도록 도움을 주신 평론가이자 문학가이신 한국 산문의 출간자 임헌영 교수님께 감사드리며, 소설가이며 수필가이자 시인이신 박상률 교수님께 깊은 감사를 드립니다.

또 같이 글을 쓰는 한국산문 문우들, 나에게 책을 낼 수 있도록 용기를 준 남편 조성익 님께도 감사를 드립니다. 김희연 님께도 감사합니다.